안으며 업힌

안으며 업힌

곳간

이정임
박솔뫼
김비
박서련
한정현

차례

아이고, 아—들 보는 기 세상 제일
재밌다. 구경 잘했다. 내 가요,
올라 가입시다. 서로 올라가자고
인사해놓고 할매는 계단 아래로
내려간다.

오르내리

이정임

Soundtrack 1. 168개의 갈림길
by Ashahn

1

자다 깬다. 시계를 보지 않아도 새벽 3시쯤이란 것을 안다. 늘 그 시간 즈음 깼으니까. 새벽 3시마다 떠나는 잠을 배웅하고 동시에 기다린다. 집 뒤가 바로 축대라서 창문을 열어도 벽만 보이는 이 방은 눈을 떠도 눈을 감아도 어둡다. 캄캄한 방에 누운 채 이쑤시개통을 떠올린다. 뚜껑에 작은 구멍이 있는, 투명한 플라스틱통. 탁탁 흔들면 구멍으로 뾰족한 이쑤시개 하나가 나온다. 어떨 땐 여러 개가 한꺼번에 빠져나오다 걸리기도 하는. 작은 내 방을 채운 이 어둠의 밀도는 꽉 찬 이쑤시개통처럼 빽빽하다. 어둠 한 줄기를 따라 잠으로 통하는 구멍에 가 닿으면 좋을 텐데. 빈틈이 없어서 아무리 흔들어도 이쑤시개 하나 나오지 않는 그런 통, 그런 어둠. 그래도 포기 않고 흔들게 되는.

집 뒤의 산에서 새가 운다. 저 새들도 시계를 보지 않고 새벽 3시 30분쯤이란 것을 안다. 봄 여름 가을 겨울, 하늘이 밝아오는 시간은 다르지만 늘 이 시간쯤 일어나 소리 낸다. 저 새들은 이 시간에 누굴 찾아 우나. 우는 건가, 부르는 건가. 아니, 우는 일과 부르는 일은 같은가.

조금 전 꾼 꿈에서 나는 누굴 다급하고 간절하게 불렀다. 무엇을 파는 곳인지 모를 가게 입구에 서서 저기요—, 계세요—, 하고. 안쪽 컴컴한 곳에서 남자가 나타났다. 그에게 가게 입구 CCTV 영상을 확인할 수 있는지 물었다. 남자는 녹화된 영상 파일이 100개 넘으면 과거의 것부터 차례대로 삭제된다고 했다. 그리고 물었다. 영상이 왜 필요하냐고. 나는 대답했다. 멀쩡히 다니던 엄마의 모습이 보고 싶어서라고. 남자의 설명을 들으며 엄마가 멀쩡했던 모습은 오 년이나 지났으니 볼 수 없겠구나, 이미 깨달았지만 최대한 불쌍한 표정으로 말했다. 엄마가 보고 싶다고. 그렇게 말하다 발아래 땅이 무너지듯 꺼져서 깼다. 그 가게는 높은 절벽에 있었던 것 같기도 하다. 분명 꿈속에선 울먹이면서 말했는데 눈물은 흘리지 않았다. 나는 울고 싶었나, 부르고 싶었나.

어둠 속에서는 눈 깜박이는 일을 가끔 잊기도 한다. 새의 소리에 집중하며 딴생각을 하다 보면 눈이 따갑다. 눈의 핏발이 수십 수백 개의 이쑤시개처럼 일어선다. 눈 안쪽에서 그것들이 표면을 찌른다. 광 광 광 광 눈앞이 하얗게 점멸한다. 그래도 주변은 밝아지지 않는다. 이쯤 되면 눈물이 날 것도 같은데 잠잠하다. 그저 광 광 광 광 보고 싶은 것들이 두서없이 왔다가 사라진다.

멀리서 딱—, 딱—, 바닥을 찍는 소리가 들린다. 곧 음악 소리도 들린다. 라디오를 켜고 산으로 향하는 등산객이다. 라디오에서 나오는 음악에 맞춰 뾰족한 등산 스틱으로 아스팔트 바닥을 찍는다. 아마 시간은 4시 30분에서 5시 사이. 지은 지 60년 된 이 집의 벽은 이쑤시개통만큼이나 얄팍해서 세상 모든 소리가 들어온다. 오직 잠만 들어오지 못하고.

스틱 소리는 가까워지다가 다시 멀어진다. 몸을 일으켜

방문을 활짝 열어둔다. 곧 밝을 테니까. 사라지는 스틱 소리에 맞춰 방의 어둠이 한 줄기, 한 줄기, 아침 방향으로 나간다.

내 기척을 느끼고 늙은 고양이 노랑이가 곁에 다가와 눕는다. 그의 앞다리와 가슴 사이에 손을 두면 그가 내는 고로롱고로롱 소리가 진동으로 느껴진다. 초여름 새벽, 바다에서 시작됐을 축축한 바람이 방으로 들어온다. 곧 산에서 오는 서늘한 바람으로 방향이 바뀔 것이다. 눈꺼풀 위로 밝아지는 기운을 반기며 선잠이 든다. 자고는 있지만 활동을 시작하는 도시의 진동과 기척을 느낀다. 깨어나 움직이는 사람들의 부산함, 저 멀리 큰 도로를 향하는 차들의 진동. 조금 더 있으면 철도와 부산항의 거대한 기계들이 내는 소리까지 희미하게 들리겠지.

2

이래 일찍 으데 가는교? 운동. 엊즈녁에 테레비 보다 늦게 일어나서 인자 가는 기라. 그래도 일찍타. 댕기 오소. 건너편 사는 할아버지는 아침마다 2층 난간에 서서 지나가는 동네 사람들과 인사를 나눈다. 그리고 어허, 어허, 가래를 뱉듯 목소리를 가다듬다가 음악을 튼다. 사랑이 야속하더라며 한 여성이 간드러지게 호소한다. 아마도 일곱 시 반. 삼십 분 후면 옆집 할머니 둘이서 공업용 미싱을 돌릴 것이다. 한여름에는 더 일찍 시작되는데 바닥과 벽을 통해 울리는 재봉틀 진동이 말 그대로 골을 때린다. 언젠가 할머니를 찾아가 일곱 시도 안 되어서 이렇게 기계를 돌리시면 힘들다고 하소연한 적이 있다. 오바로크 기계 앞에 서 있던 할머니가 되레 내게 물었다. 이 시간에 눈이 떠지는 걸 우짜라꼬?

재칫국 사이소—, 재칫국—. 뜨끈뜨끈한 손두부도 있습니다. '촌두부'가 적힌 파란색 다마스일 것이다. 직접 보지 않아도 머릿속에 흐르는 장면들. 목욕탕이나 공원에 다녀오는 노인들은 길에서 마주친 누군가와 싸우듯 이야기를 나눈다. 거가 싸더라, 파이더라, 내나 거기, 그런 말이 사랑은 야속하지만 재첩국은 사달라는 말과 섞여 돌림노래처럼 집을 울린다.

어둠이 꽉 찼던 통은 비었지만 숙면에 이르는 구멍은 찾지 못했으므로 눈을 뜬다. 이제 집은 바깥에서 들어온 말들로 빼곡하다. 학원 강사로 일하며 읽은 국어 지문보다 최근 일 년간 이 집 벽을 드나든 글자 수가 훨씬 많을 것이다. 가만히 누워서 눈앞에 글자들을 띄운다. 사랑이 거가 싸더라, 재치를 담은 국, 내나 거기 야속하더라, 가는 당신이 파이더라, 잡지도 못하고 손두부, 어허 어허 사이소, 아지매는 어데 가는데, 놀다 가라…. 새로운 목소리가 섞인다. 두부 사러 왔다, 우리 아저씨 밥 주러 가야지.

보소! 아지매, 아침 좀 늦게 먹어도 안 죽는다! 야아? 영기 아지매! 어? 어? 있다가 가라. 보소! 쫌만 있다 가라니까? 가장 강력한 파장을 지닌 목소리 출현. 지나는 사람을 모두 불러 모을 기세다. 흰머리 할매다. 그녀가 우스꽝스런 표정으로 목청껏 소리지르면 주변 사람들이 즐거워한다. 아하하하하하. 아침부터 쏟아지는 저 박력 넘치는 기운. 목소리에도 근육이 있다면 저 목소리 근육량은 엄청날 것이다.

옆집 재봉틀이 돌아간다. 바깥 사람들이 내는 소리를 엮어서 재봉틀로 옷을 지어 입으면 무척이나 무겁겠지. 어깨에 쏟아지는 무게가 천근만근이라 다리를 옆으로 벌려가며 겨우 걷겠지.

노랑이 밥그릇에 면역력을 높여준다는 영양제를 뿌리고 물그릇의 물을 새로 떠준다. 몇 해 전 이를 몽땅 뺀 노랑이는 건사료도 잘 삼킨다. 일 년 넘게 주인이 보이지 않는 이 상황을 노랑이는 어떻게 이해하고 있을까. 노랑이의 화장실을 치우고 욕실에 간다. 씻고 아침을 대강 먹고 커피를 내려 옥상에 올라가 한 잔 마시는 과정이 아침 습관이 되었다. 아침 없는 삶을 살던 내게 아침이 생겼다는 뜻이기도 하다. 학생일 때나 직장인일 때는 모르고 살던 시간대다. 백수가 되고서야 일찍 일어나다니. 이 동네가 저녁형 인간인 나를 이렇게 만들었다.

3

옥상까지 따라온 노랑이가 바닥에 누워 느리게 뒹군다. 바닥에 손을 대니 햇볕에 적당히 데워져 있다. 옥상에는 이모와 엄마가 키우던 화분이 많았다. 대개 상추, 고추, 깻잎 등의 밭작물인데 지금 자라는 것은 하나도 없다. 엄마와 이모 둘 다 집에 없으니 앞으로 옥상 농사는 없을 것이다. 집에 들를 때마다 둘이서 키운 것을 시골 할머니처럼 보따리로 싸서 주는 바람에 억지로 밥을 해 먹던 시절이 있었다. 하필 입맛 없는 여름에 가장 많은 채소가 들어오는 터라 시원한 음식을 사 먹고 싶어도 꾹 참고 가지를 굽고 호박된장국이나 오이냉국을 만들어 먹었다.

이 마을 사람들은 대개 채소를 키운다. 산비탈을 따라 다닥다닥 붙은 집의 마당, 옥상, 담벼락 앞, 폐가 주변 공터까지 흙이 있다면 무언갈 심어놓았다. 길가에 내놓은 수많은 화분의 절반 이상이 보려고 심었다기보다 먹으려고 심은 식물이다. 혹여 행인이 다칠까봐 길가 화분에는 지지대마다 작은 요구르트병이 꽂혀 있다. 봄이면 채소 모종을 실어와 파는 트럭도 종종 보인다.

엄마와 이모는 생활비를 줄이기 위해 식물을 키웠다. 채소가 이렇게 많으니 쌀만 사면 된다고, 음식 쓰레기도 화분과 화단에 묻어 거름으로 쓴다고, 우리가 얼마나 아끼는지 아느냐고, 엄마와 이모가 번갈아 설명했다. 노랑이가 아직 젊었던 시절에는 옥상 밭에 들어가 이제 막 피기 시작한 꽃을 망가뜨린다며 안타까워하기도 했다. 예순을 전후한 나이에 청소 일을 다니는 그녀들은 취미마저 생계와 연결해서 당위를 찾았다. 그런 마음이 담긴 것들이라 무거운 짐을 들고 서울, 울산까지 가는 수고를 참았다.

학원 강사로 일할 때는 하계방학을 하면 사흘 정도 이 집에 머물곤 했는데 우리 셋은 옥상의 그늘막 아래에 누워 산에서 불어오는 바람을 쐬곤 했다. 나는 고추나무에 붙은 노린재를 잡았다. 특별한 재미랄 게 없어서 지루하다고, 얼른 내가 사는 오피스텔로 돌아가 집 앞 단골 식당에나 가고 싶다고 생각했다. 그런데 지금은 그 시절의 고요했던 나날이 그립다. 고작 십 년밖에 지나지 않은 그 시절이.

4

…씨, 이… 쒀! 칫! 씩씩거리는 소리가 들린다. 9시, 집 옆 뒷산 방향 계단을 오르는 사람이 내는 소리다. 나는 옥상 구석으로 가서 아래를 내다본다. 오늘 그녀의 수면 양말은 분홍색이다.

지체장애인으로 보이는 여성이 우리 집 창 아래 계단 바닥을 기어서 오른다. 바닥을 짚은 양손에는 수면 양말이 끼워져 있다. 키는 작지만 뱃살이 많은 편인데 셔츠와 고무줄 바지 사이로 튀어나온 허릿살이 바닥에 닿을듯하다. 땀을 꽤 흘린다. 흘린 땀의 양에 비하면 이동 거리는 크게 늘지 않는다. 계단참이 나타나자 이번에는 벽에 등을 붙이고 앉은 채 옆으로 움직인다. 하체에 힘이 들어가지 않아 그렇게 가는 듯하다. 계단 꼭대기 집에서 홀어머니와 사는 그녀가 끙차, 끙차, 힘내는 소리를 나는 왜 화내는 소리로 들었을까.

이 집에 머물기 시작하던 작년 초반, 늦은 새벽부터 정오까지 자던 내게 아침의 소음은 참을 수 없었다. 특히 그가 내는 소리는 혀끝을 차거나 화가 나서 어딘가 발길질하듯 내는 분노에 가까웠다. 그 감정이 느껴져서 보지 않아도 기분이 벌써 상했다. 항의하려고 옆방으로 건너가 창문을 벌컥 열었다. 하지만 바닥을 기는 그에게 아무 말도 할 수 없었다.

5

지도 앱으로 검색하면 집에서 엄마가 입원한 병원까지 대중교통 이용 16분, 도보 이동 26분이 걸린다고 뜬다. 거꾸로 병원에서 집까지 가는 소요시간도 같다고. 말도 안 되는 소리다.
집에서 병원까지 계속 내리막이고 병원에서 집까지는 계속 오르막길이니까.

날씨가 좋으니 오늘은 좀 걸을까. 바다가 있는 동쪽을 향해. 물론 쭉 걷는대도 바다를 만나진 못한다. 부두로 막혀 있으니까. 거대한 벽과 컨테이너와 크레인이 있는 그곳은 오히려 멀리 떨어진 산꼭대기 우리 집에서 잘 보인다. 부산항대교까지 한눈에. 지금은 원근법을 무시한 고층 아파트가 바다를 가리고 있다. 이모는 아파트가 올라간다고 할 때 무척이나 속상하다 했다. 여기 사람들은 저 바다가 마당인데 뺏겼다면서. 수직의 높이와 정확한 층수가 중요한 그 세계에서는 자기들끼리 바다를 나눠서 가진다. 번지수와 땅 주인과 이웃, 마당까지 겹쳐있는 이곳에서는 잘 통용되지 않는 원리들.

구불구불한 계단과 길을 걸으면 열어놓은 문 안으로 살림이 훤히 보인다. 그 문을 향해 음식을 들이밀며 불쑥 말을 거는 이웃, 얼굴도 보이지 않는데 대답부터 하는 안쪽 사람이 있다. 집 안팎의 경계가 모호하다. 계단참이나 길 한편 바닥에 아무렇게나 모여 앉아 이야기를 나누는 사람도 많다. 빨래 건조대와 고추 말리는 돗자리가 가던 발걸음을 주춤하게 만든다. 길과 계단이 공동마당이 되기도 하는 산복도로의 마을들은 차도와 인도의 구분마저 뚜렷하지 않다.

똑같은 원복을 입고 가방을 멘 유치원생들이 넓은 계단에 앉아 있다. 잠이 덜 깬 아이, 옆 친구의 귀에 대고 뭔가 속삭이는 아이, 오전부터 기분이 상해 울먹이는 아이…. 마침 도착한 노란색 봉고에서 역시 같은 옷을 입은 아이 몇 명이 내린다. 계단 꼭대기에 있는 어린이집 아이들이다. 교사들이 아이들 손을 잡고 계단을 오른다. 그런 식으로 여러 번 오르내리는 모양이다.

그 계단 맞은편 집 앞에는 노인이 여러 명 모여 있다. 노인들은 노인들대로 평상에 모여 수다를 떨다가 계단의 아이들을 유심히 쳐다본다. 아이들이 우르르 떠나자 한 할머니가 일어서서 엉덩이를 턴다. 하얀 생머리를 짧게 커트해 실핀으로 앞머리를 고정했다. 아침마다 동네 사람들을 불러모으느라 시끄러운 흰머리 할매다. 한여름에도 가제 손수건으로 목을 동여매는데 공장에서 다친 흔적을 가리는 거라고 이모가 말해준 적 있다. 까맣게 염색한 머리를 복슬복슬하게 파마한 주변 할머니들과 다르다. 아이고, 아―들 보는 기 세상 제일 재밌다. 구경 잘했다. 내 가요, 올라 가입시다. 서로 올라가자고 인사해놓고 할매는 계단 아래로 내려간다.

흰머리 할매는 계속 나와 향하는 길이 같다. 자그마한 체구지만 팔순 노인치고 발이 빠르다. 남의 집 앞에 나온 물건이나 쓰레기가 보이면 함부로 들춰본다. 작은 크로스백을 메고 있는데 든 게 없는지 허공에 들썩거린다. 할매는 나만 보면 어딜 가냐고 아는 척한다. 이모와 엄마는 흰머리 할매와 잘 어울렸다. 둘 다 할매의 농담을 좋아했지만 난 피하기 바쁘다. 자꾸만 신상을 캐묻고 안부를 살피고 뭘 주겠다는 할매의 표현이 부담스럽다.

동네의 여성 노인들은 이미지가 비슷하다. 폐지를 줍던 사람. 길고양이 밥 주지 말라고 내게 잔소리하던 사람. 앞집 화단 앵두나무 열매를 몰래 따던 사람. 마을버스 요금함 턱에 아무렇게나 앉아 통행을 방해하던 사람. 아니면 부산진역 노숙인·독거 노인 무료급식소 앞, 길게 늘어선 줄에 서 있던 사람. 그 모두가 한 사람으로 뭉뚱그린 이미지다. 물론 그 동네 노인들에게는 나도 뭉뚱그린 이미지로 취급된다. 조금 안면을 튼 이웃들은 '니가 엄마 땜에 고생이 많다.' 그런 말로 내 이미지를 만든다. 고생하지 않는 고생 많은 딸. 물론 흰머리 할매는 다른 방식으로 나를 대하지만 그것도 썩 반갑진 않다.

6

병원 입구에 서서 원무과에 전화한다. 입원비 수납하러 왔다고 말하자 안에서 직원이 나온다. 동백전 카드로 오십 만원 결제하고, 나머지는 이 카드로 계산해 주세요. 계산을 기다리는 동안 건물을 올려본다. 저기, 엄마가 있다. 들릴 리 없지만 엄마—, 하고 조용히 불러본다.

일어나지 못하고 걷지 못하고 콧줄로 유동식을 공급받는, 누구에게도 전화 한 통 걸지 못하는 엄마가 하염없이 눈물만 흘리며 4층에 있다. 이 입구의 자동문을 지나쳐 계단을 오르면 바로 볼 수 있는데, 일 년 넘게 못 보고 있다. 전염병 때문에.

엄마를 마지막으로 봤을 때는 2019년 겨울이었다. 파킨슨병과 치매 때문에 요양병원에 들어간 지 오 년째 되던 해였다. 이모의 장례식을 치렀지만 엄마에게 알릴 수 없었다. 엄마는 나를 보고도 영아, 영아, 하며 이모를 찾았다. 대화가 되지 않았다.

엄마의 눈에서 쉴 새 없이 눈물이 흘렀다. 취향과 상관없이 짧게 깎아버린 머리카락이 하얗게 세어 더 나이 들어 보였다. 동생분이 안 오셔서 그런지 일주일 전부터 계속 저렇게 우세요. 간호사가 내 눈치를 보며 말했다. 나는 서랍에서 휴지와 손수건을 꺼내 엄마의 눈물을 닦았다. 누워서 울다 보니 눈물은 엄마의 관자놀이를 지나 귀를 향해 흘렀다. 눈물길 주변으로 눈물이 눈곱처럼 덩어리져 말라붙어 있었다. 그리고… 귀 주변에 말라붙은 눈물이 쌓여 두꺼운 귀지가 생겨 있었다. 이 정도면 아무 소리도 못 듣겠다 싶을 만큼의 양이었다. 간호사를 찾아가 면봉을 달라고 했다. 면봉과 물수건으로 엄마의 귀와 얼굴을 닦아냈다. 손톱과 발톱도 깎았다. 그동안 머릿속에

떠다니던 생각들이 고요히 가라앉았고, 그것들이 차갑게 마르도록 내버려 뒀다. …엄마는 아직도 울고 있을까. 눈물길 위에 귀지는 얼마나 쌓였을까.

동백전 결제가 완료됐다고 십 퍼센트 캐시백이 들어왔다는 알림창이 뜬다. 계산이 끝났다는 신호다. 카드를 돌려받고 시장 쪽으로 걷는다. 이제 한낮의 햇볕이 꽤 따가워서 양산을 든 사람이 드문드문 보인다. 오늘은 수목 돌풍의 날. 옛 백제병원 건물 옆에 있는 마트는 고기가 저렴한 편이다. 카트에 고기를 담고 채소 코너를 돌아본다.

파이다, 그거. 누가 하는 소린가 싶어 돌아보니 흰머리 할매다. 아, 그렇게 피해 다녔건만. 그 고구마 파이다꼬. 저쭈우에 시장가면 쌩쌩하고 헐타. 거서 사라. 내가 눈을 동그랗게 뜨고 무언의 항의를 해보지만 할매는 꿈쩍도 하지 않는다. 아무렇지도 않게 내 카트를 뒤적인다. 아이고, 닌 아—도 아이고 햄, 라면, 이런 것만 묵나. 풀도 묵어야지. 김치 살라고? 니 김치 없나? 내 김치 좀….

아니요, 필요 없어요. 할매의 '줄까' 말이 나오기도 전에 빠르게 거절한다. 허허허허허. 할매는 무안한지 웃고 만다. 무례했다는 생각이 들지만 딱히 다른 말이 떠오르지 않는다. 채소나 김치는 필요하면 말해라. 그러고 휙 돌아 출구를 향해 걷는다. 그녀의 손에는 아무것도 들려 있지 않다. 물건은 사지도 않을 거면서 왜 들어왔나. 헛것을 보았나 싶을 만큼 빠르게 사라진다. 새삼 손에 든 고구마가 꺼림칙하다.

7

마을버스 운행이 끝나고, 좁은 골목을 돌며 쓰레기를 수거하는 사람들마저 일을 마친 밤 12시. 이제야 고요해진다. 자기 위해 눕는다. 일부러 그렇게 정한 것은 아니지만 토막잠을 자고 있다. 새벽에 세 시간 정도 자고 아침에 한두 시간 선잠, 그리고 늦은 오후에 세 시간 잔다. 늦은 새벽부터 정오까지 자던 수면 패턴이 조금씩 바뀌다가 이렇게 되었다.

자려고 누우면 뱃속에 물 흐르는 소리가 들린다. 위장이 좋지 않아 자주 꾸르륵거리는 편이긴 하지만 요즘은 밤마다 난다. 문득 그런 생각이 든다. 혹시 내 몸속에서 피가 새는 것은 아닐까. 식도나 위의 어느 부분에 구멍이 생겨 피가 새는 상황. 그러면, 흘러나온 내 피는 내 위와 장을 통과하면서 다시 영양분이 되는 걸까.

옆으로 돌아누우니 베개에 눌린 귀에서도 소리가 들리는 것 같다. 어쩌면 피가 처음 샌 자리는 귀일지도. 소리는 귀에서 들리는 거니까. 혹시 눈물샘이 안쪽으로 터져서 눈물이 내 안으로, 귓속으로 흐르는 거면 어쩌나. 귀에서 눈물이 흐르는 소리가 이런 걸까. 그렇다면 이 소리는 울음소리라 할 수 있나. 이 울음은 누구의 것일까. 눈물의 것일까, 눈물샘의 것일까. 아니면 귀의 것일까.

그러고 보니 내가 누운 이 바닥 아래에 하천 길이 있다. 이 집은 건물만 있고 땅이 없다. 산복도로 마을은 시유지, 국유지라 불리는 남의 땅에 무허가 집을 짓고 사는 사람이 많았다. 대개 불하를 받아 양성화 과정을 거치는데 아직도 무허가 건물이 종종 있다.

독립했다는 고국을 찾아 배를 타고 들어온 동포들. 전쟁이 터지자 배와 기차를 타고 낯선 곳으로 내려온 피란민들. 일자리를 찾아 도시를 찾은 가난한 젊은이들. 집 없고 돈 없는 이들이 쉽게 갈만한 곳은 산이었을 것이다. 부산항, 부산역과 가까운 이곳, 산에 오른 사람들은 빈자리가 보이면 판자로 벽을 세워 집을 만들고 살았다. 돈이 모이면 그 자리에 좀 더 튼튼한 집을 지었다. 인구가 폭발적으로 늘어난 산동네는 땅이 부족해 물길을 덮고 건물을 짓기도 했다. 이 집은 한국 전쟁 시절 피란 내려온 외할아버지가 그런 곳에 지은 집이다.

이모가 돌아가시고 집을 처분하려다가 이 집엔 땅이 없다는 사실을 알았다. 물이 흐르는 하천은 땅이 아니니까. 골목을 따라 이어지는 몇 채의 집이 이 하천 부지에 묶여 있다.

이 집에서 자란 엄마와 이모는 산 너머 신발 공장에서 함께 일했는데 엄마가 일찍 결혼해서 나는 이 집에 대한 기억이 얼마 없었다. 이모는 독신을 고집했다. 외할아버지가 위암으로 돌아가시고, 외삼촌이 젊은 나이에 교통사고로 죽고, 아들을 갑자기 잃은 외할머니는 화병을 얻어 앓다가 돌아가셨다. 이 집에 남아 모든 과정을 지켜본 이모는 크게 낙심하거나 한탄하지 않았다. 그저 생계를 위해 산을 오르내리는 일만 묵묵히 했다. 남편을 일찍 잃은 엄마가 파킨슨병을 앓자 같이 살자고 제안한 사람도 이모였다. 자존심이 강해 사람들 앞에서 아쉬운 소릴 하거나 우는 모습을 보이지 않는다는 면에서 엄마와 이모는 비슷했다. 둘은 이상한 고집을 부리면서 같이 사네, 안 사네, 오래도록 다퉜다. 내가 이모에게 집세와 생활비를 내겠다는 조건으로 둘을 중재했다. 스무살 이후 계속 타지를 떠돌던 나로선 엄마가 이모와 함께 살겠다고 해서 좋았다. 이모는 그즈음 버려진 새끼 고양이였던 노랑이까지 키우게 됐는데 그 자그마한 고양이 하나가 얼마나 큰 힘을 발휘했는지 이모와 엄마는 각자가 지닌 우울과 고단함을 떨쳐내고 오히려 발랄해졌다. 내가 노랑이 때문에 이 집에 눌러앉은 것은 과한 결정이 아니다. 노랑이는 이모의 임종을 지킨 이모 아들이었고, 내 사촌이기도 하다.

옆에 누운 노랑이의 옆구리를 한 번 쓸어본다. 고롱고롱 노랑이는 가슴을 울려 소리낸다. 기분이 좋거나 아파서 힘들 때 내는 이 소리처럼, 내 뱃속의 물소리도 감정을 표현하는 소리면 좋겠는데.

아니, 뱃속이 아니라 땅 아래 물이 흐르는 소리면 좋겠다. 끈적이는 방바닥에 귀를 바짝 붙인다. 고롱고로롱고로롱. 물소리보다 노랑이의 뱃소리가 더 크게 들린다. 워터파크의 기다란 미끄럼틀을 떠올린다. 노랑이와 내가 이 아래 하천

바닥을 미끄럼틀 삼아 바다까지 흘러가는 장면. 엄마가 있는 요양병원은 원래 바다가 있던 자리에 지어졌다. 그 땅 아래도 바다라면 이대로 거기까지 흘러가 엄마를 보고 오면 좋겠다. 가능하다면 이모도 함께. 이모도 아직 살아 요양병원에 입원했다 치고. 하지만 건물을 어떻게 오르나. 그래도 본다 치자. 상상은 늘 '했다 치고'니까. 경계도, 구분도, 안팎도 없이. 했다 치고, 있다 치고, 맞다 치고.

그런데 왜 울었다 치고는 안 되나. 때렸다 치고, 화냈다 치고는 후련한 맛이 있는데 울었다 치는 일만은 그렇지 않다. 내가 좀 울고 싶은데.

8

울고 싶지 않아. 그렇게 생각하면서 자주 울었다. 작정하고 우는 것은 아니고 그저 감정이 찼을 때 어떤 신호를 만나면 눈물을 흘린다. 수통이 차면 비워야 하는 제습기처럼 평소의 감정을 차곡차곡 모아놨다가 드라마, 영화, 책을 보면서 운다. 울고 싶지 않아서 책을 보고, 울고 싶지 않아서 드라마를 생각하며 운다. 읽고 보는 일은 우는 일이 된다. 나는 울고 싶지 않으니까.

이제 나는 울고 싶어서 책을 읽지 않고 텔레비전도 보지 않는다. 눈물 흘릴 기회는 많은데 울 일은 잘 안 생긴다.

9

새가 운다. 미음 비읍 시옷 지읒지읒지읒지읒지읒… 밈, 빕, 싯, 즞즞즞즞즞… ㅁ, ㅂ, ㅅ, ㅈ, ㅈ, ㅈ, ㅈ, ㅈ…. 이모가 좋아하던 글자 외는 새 소리다. 새가 외는 글자가 방안에 들어온다. 이응 없는 자음을 천장 무늬에 자잘하게 새긴다. 저 새는 누굴 부르는 건가. 자음자를 넣어 이름을 만들어본다. 그러다 결국 포기한다. 이름 하나 떠올릴 수 없다가, 이름 하나만 떠오르기도 해서.

이럴 땐 그냥 옥상으로.

빼꾸기가 운다. 비를 맞은 잎은 무성해지고, 햇볕을 쬔 초록은 짙어지고, 바람 만난 나무들이 반짝반짝 손 흔들고, 하늘엔 구름마저 뭉게뭉게 자라니까, 이곳은 여름. 엄마와 이모만 있으면 완벽할 텐데. 엄마는 이 풍경이 얼마나 보고 싶을까.

어릴 적 문방구에서 '비눗방울 주세요'하면 비눗물이 든 작은 필름통과 깔때기 쓴 빨대를 내주었다. 외가에 올 때마다 그 세트를 사서 옥상에서 불곤 했다. 무지개색 비눗방울을 후, 불면 그 방울 속에 이 동네의 풍경이 담겨서 떠다니곤 했다. 하늘의 구름과 할머니의 조골조골한 손과 스테인리스 대접에 담긴 미숫가루와 옆집 강아지 해피의 얼굴. 이곳의 장면들을 비눗방울에 담아 엄마에게 보내면 좋겠다. 파라솔 그늘과 뒹굴뒹굴하는 노랑이의 분홍색 배, 빳빳하게 마르는 빨랫줄의 수건, 장독 뚜껑에 고인 빗물, 그리고… 엄마가 키우던 화분들이 있어야 하는데. 엄마에게 둥둥 흘러가는 비눗방울을 상상한다. 거기까지 터지지 않고 잘 흘러간다, 치면서.

10

깨진 유리, 찢어진 방충망, 고장 난 샷시, 현관문, 수리합니다. 어서 나오셔서 문의하세요. 하루에 서너 번 집 앞을 지나는 트럭이다. 조금 있으면 고장난 테레비, 콤퓨타, 에어콘 산다는 트럭도 올 것이다. 영양 많고 맛 좋은 표고버섯이 한 소쿠리에 천 원한다는 차도 곧 와야 한다.

이 동네는 산복도로의 망양로보다 한 블록 위에 있는데 도로는 좁지만 마을버스가 다닐 정도로 차량 통행이 잦다. 시장과 거리가 먼 산동네라 물건을 파는 트럭이 자주 오간다. 하루 동안 지나는 트럭의 방송 멘트만 따라 적어도 공책 한 바닥이 채워질 것이다.

언젠가 흰머리 할매가 양파를 판다는 트럭을 쫓아가며 좁은 길에 차를 세우게 했다. 아저씨, 아저씨, 큰 소리로 부르며 손뼉을 쳤다. 트럭 뒤에 따르던 승용차 주인이 갑자기 여기서 차를 세우면 어쩌냐고 트럭 주인에게 화를 내며 지나갔다. 그런데 할매는 트럭에 실린 양파가 자색이라는 것을 확인하고 돌아서 버렸다. 트럭 기사가 지금 똥개 훈련 시키냐며 소릴 질렀지만 할매는 개의치 않고 몇 마디 받아치며 —내는 뭐 심심해서 쌔빠지게 뛰었나?— 언덕 너머 골목으로 들어가 버렸다. 트럭 기사로서는 열 받는 상황이지만 결과적으로 성공했다. 큰 소리에 몰려든 이웃이 양파를 발견하고 많이 사 갔기 때문이다.

흰머리 할매와 마트에서 마주친 그날, 결국 고구마를 사지 않았다. 고구마를 먹고 싶은데 고구마 트럭이 오지 않는다. 배달주문을 하긴 비싸다. 어쩌면 이 불편이 마을 사람들로 하여금 채소를 키우게 한 이유일 수도 있겠다. 아니면 정착한 사람의 마음일까. 허공을 떠돌던 씨앗이 가까스로 자리를 잡은 것처럼, 타지를 떠돌던 스스로를 이 땅에 심은 마음. 굳건히 심겼다고 믿는 마음.

그나저나 흰머리 할매를 다시 만나면 어떻게 하나. 죄송하다 해야 하나.

11

…씨, 이… 쒸! 칫! 끝집 사는 여자가 또 계단을 오른다. 일주일에 두세 번은 보게 되는 장면이다. 왜 홀로 저렇게 기어가는지 이해되지 않지만 먼저 묻기도 어렵다. 어쩌면 저 이는 도움이 필요한 걸까. 핸숙아! 골목 입구에서 누가 외치자 벽에 기대서 옆으로 가던 여자가 고개를 외로 튼다. 또 흰머리 할매다. 엄마 일하러 갔나? 이제 잘 가네. 힘내라! 벽에 붙어있던 여자는 밝게 외친다. 네!

12

엄마가 있는 병원 4층 간호사실에서 엄마가 쓸 물티슈, 폴리글로브, 갑휴지를 갖다 달라는 전화가 온다. 병원비 수납하면서 들렸어야 했는데 잊었다. 간호사에게 면회는 언제쯤 가능할까요, 묻는다. 엄마는 휠체어를 탈 수 없어 비대면 면회도 못하고 있다. 간호사가 자신의 휴대전화로 영상통화를 해보겠냐고 한다. 내일 오후 2시쯤 영상통화 가능하세요? 얼떨결에 그러겠다고 대답한다.

엄마를 보고 싶지만, 보고 싶지 않다. 내가 보고 싶은 엄마는 이모와 함께 살던 때의 엄마다. 아픈 엄마를 혼자 어떻게 보나. 무섭다. 이럴 때 이모가 같이 있으면 좋을 텐데. 이모처럼 무심하고 건조하게, 하지만 다정하게 살고 싶은데 마흔 다 된 지금도 그러기 쉽지 않다. 그냥 영상통화를 안 하겠다고 할까.

병원 앞 의료기기 상가에서 물품을 사서 병원 1층 카트에 넣고 나온다. 초량천을 향해 걸으며 울산에 있는 오피스텔을 세 놓고 싶다고 부동산에 전화한다. 이모의 장례식을 끝내면 이곳의 집을 정리하고 노랑이, 엄마와 울산으로 돌아가려고 했다. 하지만 전염병이 창궐했고 부원장으로 있던 학원은 결국 문을 닫았다. 그래도 곧 울산에 올라가 학원을 차리겠다고 계획했고, 학원 자리를 알아보기도 했다. 하지만 무엇도 시작하지 못했다. 결국 이곳이 아니라 저곳을 정리하기로 했다. 백수인 채로 계속 이렇게 지낼 수는 없고 무슨 일을 할지 다시 고민해야 한다. 햇볕이 꽤 따갑다. 머리도 식힐 겸 카페의 테이크 아웃 전용 창 앞에 서서 아이스 커피를 주문한다.

아, 저 할매는 왜 계속 내 눈에 들어오는가. 초량천 난간에 서서 하천을 내려다보는 작은 키의 흰머리 할매. 남편 없이 아들 하나, 딸 하나를 키웠는데 아들은 집 나가서 소식이 없고 딸도 결혼해서 대구에 사는데 왕래가 별로 없었다고 이모가 말한 적이 있다. 일주일에 사흘은 청소일 나가고 나머지는 산동네

위아래를 쉬지 않고 걸어 다니며 폐지를 줍거나 사람들을 만나 수다를 떤다고 했다. 할매가 참 성실했거든. 아들이 무역 일 배워서 돈을 잘 번다니까 평지에 있는 큰 주택으로 이사 갈 줄 알았는데 망해뿌고 소식이 없다아이가. 할매가 평생 일을 해서 집에 가만히 있는 걸 못하는 양반이라. 외롭고 한스러워서 그렇게 걷는 거 같기도 하고.

벚꽃이 한창 피던 어느 날, 퇴근한 이모는 86번 버스를 타고 돌아오고 있었다. 오후 4시 퇴근이라 날은 밝았지만 비가 부슬부슬 내렸다. 금수사를 막 지나 컴퓨터 과학고 정류장으로 향하는 길에 흰머리 할매가 비를 맞으며 걸어가고 있었다. 마침 주차장에 차를 넣는 승용차가 있어 버스는 서행 중이었다. 차창으로 보이는 할매의 모습이 처량해서 가지고 있는 우산을 내주려고 했는데 창문을 열기만 하고 아는 체를 못 했다고 했다. 할매가 혼자 악을 쓰듯 말하며 걸었기 때문이다. 꽃잎과 비가 허공을 가려서 우는 것까진 자세히 못 봤지만 딸의 이름을 부르면서 걷더라고. 그렇게 예쁜 길을 미친 사람처럼. 갱진아. 갱진아. 목이 쉬어라 부르면서. 경진이라는 딸이 죽었다는 건 한참 뒤에 알았다고 했다.

13

흰머리 할매 손에 레모네이드를 내민다. 뭐고? 더운데 땡볕에서 뭐 하세요? 이거 드세요. 히익, 야, 이거 비싼 거 아니가? 도로 물리라는 할매의 말에 한숨이 나온다. 이미 만들어서 나온 걸 어떻게 환불받냐고, 비싸면 애초에 사지도 않았을 거고 안 마시면 버려야 한다고 답하니 그제야 빨대에 입을 댄다. 아이고, 씨원타. 이거 얼마고? 내 돈 주께. 할매의 호기로운 말에 웃음이 난다.

지금은 물이 얼마 없지만 옛날에는 비 오면 여게 홍수 나서 물바다였는데. 할머니, 매일 이렇게 걸어 댕기는 거 힘들지 않아요? 뭣이 힘들어. 다니면 재밌지. 그러면 여행, 그런 것도 좋아하시겠네. 팔자 좋은 사람이나 가지, 여행은 무슨. 일하러 왔다 갔다만 해봤지. 내가 어데 놀러를 댕겨봤겠나. 아는 데가 여 뿐이라.

그럼, 할머니. 만약에 멀리 여행 가면 어디 가보고 싶은데요? 에? 몰라. 바다도 보고, 산에 꽃도 보고, 그럼 되겠지. 아, 태종대. 젊을 적에 같이 일하는 아지매들이랑 거길 간 적이 있거든. 거가 좋더라고.

'멀다'의 개념이 고작 태종대에서 멈추다니. 할머니, 저랑 같이 태종대 가실래요? 186번 타면 갑니다. 저도 부산을 잘 몰라서요. 좀 다녀볼라고요. 같이? 언제? 할머니 가고 싶을 때요. 그랄까? 나는 암 때나 가면 되거던. …내일 갈래? 아, 내일은 안되고요. 모레 갑시다. 대신에 부탁이 있습니다. 뭔데? 아, 김치?

14

엄마! 엄마! 엄마, 여기 봐라! 화면 속 엄마는 살이 많이 빠져 있다. 엄마는 아무 대답도 않고 허공만 본다. 영상 통화시간은 5분밖에 없는데 말은 떠오르지 않고 계속 엄마만 부르게 된다. 뒤에서 흰머리 할매가 우는 통에 더욱 정신이 없어서 그런 걸 수도 있다. 나는 엄마를 부르고 할매는 아이고 숙자야, 울고. 엄마는 자꾸 다른 곳을 본다.

가까스로 정신을 차리고 말한다. 엄마, 여기 봐라. 노랑이. 노랑이는 똑같이 잘 먹고 지낸다. 맞제? 그리고 엄마, 엄마! 여기 봐야지. 우리 옥상 그대로제? 기억나제? 옥상에 채소도 봐라, 그대로제? 엄마만 나아서 집에 오면 된다. 얼른 나아서 봅시다. 어? 힘내자!

나을 수 없지만 낫자는 말에 엄마가 희미하게 웃는다. 그리고 대답한다. 알겠다! 그 대답을 듣는데 왈칵, 눈물이 난다.

15

달달— 하이 크고 맛있는 수박 사 가요, 수박. 공짜로는 몬 주고 공짜 비스무리이— 하이 줍니다.

전화를 끊고 보니 둘 다 눈물과 땀을 한 바가지씩 흘려 갈증이 난다. 수박 파는 트럭을 불러 세워 공짜 비슷한 값치고는 비싼 수박을 두 통 산다. 하나는 할머니께 드리고 한 통을 쪼갠다. 야, 저거 그냥 니가 키아라. 무거버서 도로 몬 들고 간다. 어차피 집에 천지 빼까리다. 대신 빈 화분을, 내를 도. 묵을 사람이 없어서 키아도 다 남주기 바쁘고….

깻잎, 상추, 가지, 고추 화분을 흰머리 할매 집에서 옮기느라 혼이 났다. 최대한 엄마가 기억하던 집을 그대로 보여주고 싶어서 할매에게 부탁했는데 흔쾌히 들어주었다. 할매는 수박을 먹다가 벌떡 일어나 옥상 구석에 놓인 빈 화분을 고르기 시작한다. 그녀의 속도에는 아직도 적응되지 않는다. 할매가 이거, 저거, 말을 하면 그 화분을 꺼내 보여준다.

솨아아, 갑자기 생각난 것처럼 바람이 분다. 느티나무 이파리가 손을 크게 흔들자 매미가 운다. 할매가 준 화분의 깻잎이 흔들리고 내 등도 순간 선득하다. 이 바람은 곧 계단과 골목을 따라 구석구석 웅크린 집들을 방문할 것이다. 올라 가입시다, 사람들의 인사를 들으며 내려가다가 엄마가 있는 병원 창문에 잠시 기대겠지. 그리고 곧 바다에 닿는다. 올라가자는 인사를 바다에 남기며.

그러면 바다는 오래 기다린 것처럼 바람을 보낼 것이다. 산을 향해 오르는 축축한 짠 바람을. 올라 가입시다. 모두의 인사에 대한 대답처럼.

이정임

2007년 〈부산일보〉 신춘문예에 당선된 이후 '소설 쓰는 사람'이라고 말하기 시작했다. 글을 쓰면서, 이곳저곳에 글쓰기 수업도 다닌다. 하는 일 중에서는 일곱 마리의 고양이 키우는 집사가 가장 즐겁다. 소설집 『손잡고 허밍』, 산문집 『산타가 쉬는 집』이 있고 2015년 부산소설문학상, 2017년 부산작가상을 받았다.

어떨 때는 사소한 것들에서 절대
벗어날 수 없을 것 같다. 그런데
사소한 것들을 하고 다시 하고
그것을 또 반복하면 조금씩 다른
곳으로 몸을 옮길 수 있다. 어디에서
어디로? 이 골목에서 다음 골목으로
아마도?

천사가 우리에게 나타날 때

박솔뫼

처음 샀던 옷은 기억나지 않는다. 아마 그 옷이 지금 내 눈 앞에 있어도 내가 그 옷을 입은 적이 있었는지 이게 내 옷이었는지 기억하지 못할지 모른다. 그래도 기억나는 옷들이 있다. 산처럼 쌓인 옷더미에서 고른 레드 깅엄체크 셔츠 이건 천 원이었고 한동안 수영 가방으로 쓰던 오렌지색 나일론 백 이건 왜 버렸더라 아마 한동안 잘 쓰다 낡아서 버렸을 것이다. 베이지 모헤어 코트라던가 작은 사이즈의 남성용 가죽 재킷 오래된 퓨마 스니커즈 시간만 있다면 아마 기억나는 옷들을 삼십 개쯤 더 이어서 쓸 수 있을 것 같다. 한동안은 산요의 코트를 좋아해서 꽤 여러 벌 모으듯이 사서 계절이 바뀔 때마다 매번 꺼내 입었다. 산요는 코트를 잘 만드는 회사인데 처음 입었을 때 패턴이 좋다는 게 이런 뜻이구나 이해하게 되었고 입을 때마다 편한데 멋있는 것 같아 마음에 들어 생각했다. 그래선가 나중에 도쿄 산요 매장에서 코트를 샀을 때 생각보다 별 감흥이 없었던 것 오히려 국제시장에서 처음 샀을 때 감흥이 더 컸던 것 옷장에 걸린 새 코트 헌 코트 너무 많은 코트들을

볼 때면 그런 것들이 떠오른다. 그때 나에게 코트를 입어보라고
권했던 사람은 어머니뻘까지는 아니고 외숙모뻘 이모뻘
뭐 어떤 이모는 엄마보다 나이가 많으니까 적절한 비유는
아니겠지만 아무튼 그 정도 연배의 주인이었다. 코트를 어깨에
걸쳐 주면서 산요는 코트를 잘 만드는 회사라고 말했지. 그게
그 가게에 처음 간 날이었는데 주변에 걸린 여러 옷들을 마치
아는 사람처럼 친근하게 부르며 하나씩 입어보게 했고 건네는
옷들을 하나씩 설명하며 이 옷은 이런 식으로 입어야지 코멘트
했다. 이런 식으로 이 사람은 만날 때마다 내게 옷의 의지를
이해할 필요가 있다고 말했는데 이 코트는 자연스럽게 입어야
하지 단추도 다 잠그면 안 돼 바지를 입어도 좋고 스커트도
좋은데 길게 떨어지는 실루엣을 생각해야지. 코트는 생각보다
비쌌고 바가지를 씌웠다는 것은 바로 알았지만 코트가 정말
맘에 들었고 이런 식으로 진지하게 옷의 의지를 이야기하는
것이 재미있어서 바가지를 씌우는 것을 알면서도 일 년에 한두
번은 들렀다. 마지막으로 들렀던 것이 5년 전 아니 그보다
더 예전인 것 같다. 새로 들르게 되는 가게가 많아졌고 한번
가면 한 시간은 머물며 옷을 입고 벗고 하는 것이 처음에는
재미있었지만 익숙해지니 무거운 절차 같다고 해야 할까 그게
좀 지쳤다. 물론 걸려 있는 옷은 늘 다르니까 막상 들어가면 또
재미있기야 했겠지만. 가게는 한동안 문이 닫혀 있더니 어느
해인가부터는 간판도 보이지 않았다. 가게를 접은 걸까 아니면
어디로 갔을까 고향도 부산이 아니고 집도 부산이 아니라고
했는데 차로 운전해서 출퇴근 한다고 했고 아들이 서울에서
건축을 전공한다고 했다. 한가할 때는 미숫가루나 커피를
사주면서 이 옷 저 옷 입혀보며 이런 색을 입어라 저런 색을
입어라 그러다 고개를 들어서 보면 90년대 드라마에 나오는
탤런트들처럼 각진 눈썹에 립스틱만 바른 마른 얼굴이 멋있어
보이고. 뭐랄까 좋은 얼굴이라는 것이 있잖아 친절하고 마음씨
좋은 사람 같아 보이는 것이 아니고 눈에 띄는 미인이라거나

예쁘고 귀엽다거나 하는 것도 아니고 이 사람이 화면에 나오면 이 사람은 자기 이야기를 할 수 있는 사람처럼 보이는 얼굴. 작은 얼굴에 각진 광대뼈가 도드라진 얼굴이었고 눈꺼풀이 꺼진 큰 눈이었고 가게 천장에 달린 큰 조명 아래에서 어떨 때 그림자가 광대와 눈꺼풀을 지나면 이 사람은 다른 곳에 있는 것 같고 거기서는 다른 이야기를 할 것 같다. 혹은 같은 이야기를 외국어로 할 것도 같았고 아무 말 없이 커피를 마시다 자리에서 일어날 것도 같았다. 나는 그러면 뒤를 따라가는데 뒤를 따라가는 나 역시 지금의 내가 아닌 다른 사람인 것이 어울렸다. 아무튼 그 사람은 그런 식으로 좋은 얼굴. 다른 곳에서 다른 표정으로 입을 뗄 것을 그려보게 만드는 얼굴. 그 가게에서 처음 산 것이 산요의 간절기 코트였다. 그게 15년쯤 전인 것 같은데 아직도 매 해 입는 옷이다. 옷의 의지 아직도 제대로 이해를 못할 때가 많지만 나 역시 의지가 있고 나는 의지를 가지고 그 옷을 좋아하고 있는지도 모르겠다.

아무튼 옷이 없는 것도 아니고 오히려 늘 옷이 넘치는 수준인 데다가 누가 가라고 가라고 한 것도 아닌데 부산에 도착하면 왠지 발길은 국제시장으로 향하게 된다. 어떤 옷을 입으면 이전과 다른 사람처럼 보이니까 혹은 처음 입는 옷인데 마치 나에게 원래 있던 옷처럼 나에게 붙으니까 그것이 늘 신기하고 재미있기 때문에. 예전에 한번은 국제시장에서 옷을 사고 근처에서 친구를 만나 술을 마신 적이 있었는데 멀리서 나를 보고 친구가 물건 떼오냐고 물었던 적도 있었다. 그렇게 사고 또 살 거면 떼와서 돈이라도 좀 벌어. 그런 이야기를 나누는 곳은 작은 술집이고 우리는 바 자리에 나란히 앉아 있고 왜인지 주말인데 손님은 없고 사장님은 이전에 내가 혼자 여러 번 온 것을 기억하고는 친구분이랑 오셨냐고 불편하지 않게 웃으며 아는 척을 해준다. 조금 안심한 것 같은 표정이었다. 그러고 보니 이 술집도 술을 덜 마시기 시작한 후로 거의 십 년쯤 안가다가 작년 연말 오랜만에 찾아보았더니 가게가 잘

돼서인지 큰 곳으로 옮겼다고. 옮겼다는 곳으로 가 저녁으로
먹을 만한 것을 몇 개 시키고 어느샌가 테이블을 스쳐 지나간
사장님은 이전처럼 조용히 부족한 것이 없는지 살피고 있었다.
한동안 매번 혼자 갔는데 그때마다 내게 말을 걸어주었고
테이블 너머 보이는 얼굴은 왠지 연극배우처럼 강한 인상에
손은 빠르고 건네는 말은 세심했다. 거의 십 년 만에 스쳐
지나가는 사장님을 보며 그런데 별로 변한 것이 없는 것 같다고
느끼고 그 말은 왜 늘 새삼스럽지? 변한 것이 없어 그대로야.
그러고 보니 처음 국제시장을 다니기 시작한 때나 처음 이
술집에 다니기 시작한 것 혼자 술을 마시기 시작한 것 모두
비슷하게 맞물리는 것 같다. 술을 잘 마시지 않으면서 한동안
부산에 오면 이곳에 들르고 술을 마시고 술을 마실 때는 새로운
사람을 앉힌 것처럼 조용하지만 친절한 나를 어떻게 어떻게
빚어서 의자에 앉히고 그러면 사장님은 내가 빚은 나인지
혹은 뭔가를 빚었다고 착각하는 나인지에게 먹을 것을 준다.
내가 빚은 나와 실제 나는 조금 다르지만 아주 다르지는 않게
흔들거리고 그 움직임 속에서 아니 근데 혼자 술집에 온 사람은
아무래도 좀 별나다고 생각할 것 같은데라고 무난하고 무던하게
빚어진 나는 관찰하고 관찰되며 속으로 그런 말을 한다. 그러면
누구인지 모르겠지만 아무튼 그 사람은 눈앞의 먹을 것들을
조용히 먹는다. 그 사람이 누구든 먹는 것은 좋아한다. 혹은
먹는 것을 좋아하기에 결국은 한 사람인가. 여행지는 아니
식당이나 술집은 그런 빚어진 형태들이 빚었다고 착각되는
빚다가 흩어진 흐름들이 잠깐 있다가 집으로 돌아가고 마치
그것을 위해 서있는 것 같은데 그 형태들은 바람과 흩어짐 같은
것은 실제로 무척 생생하고 단단하다.

아무튼 연말에는 오랜만에 들른 술집에서 이것저것 구운
것 튀긴 것과 술을 먹었고 그걸 먹은 날도 국제시장에서
뭔가를 샀고 아 또 사버렸네 생각하면서 호텔에 산 옷을 놓고

쉬다가 저녁을 먹으러 술집으로 간 것이었다. 그때 산 옷은 아쿠아스큐텀 카키색 맥코트였고 팔 기장을 수선한 것인지 보통이라면 손등을 덮을 텐데 손목까지 떨어지는 길이였다. 완전히 내 옷 같다는 생각을 했고 그때만 해도 옷이 조금 무겁다는 생각은 했지만 이상하다는 생각이나 주머니를 살필 생각까지는 못하고 다시 한 번 걸쳐 보고 거울 앞에 서 보다 옷장에 걸어두었다. 옷장에 걸고 침대에 누워 열린 문틈으로 코트를 보았다. 산 지 몇 시간 안 된 코트가 서서히 낯이 익어가고 이상한 경험이네 방금 전까지 이 옷을 입고 식당에 가 의자에 걸어두고 나오면 누군가 옷 놓고 갔어요 외쳐도 한 번에 알아보지 못할 것 같은 낯선 존재였는데 잠시 옷만을 바라보자 옷은 자신이 이런 존재라는 것을 서서히 보여주었다. 부산에서 만날 수 있는 사람 안다고 말할 수 있는 사람은 두 명뿐이었는데 이 둘도 아주 가깝지는 않아서 보통은 아무도 만나지 않고 옷을 고르고 또 고르고 한참 이곳저곳을 걷다가 밥을 먹고 또 다시 걷고 커피를 마시는 식으로 시간을 보냈다. 두 사람이라고 말했지만 이런 이유로 마지막으로 본 지가 역시 또 5년 전인가…… 같은 느낌으로 거슬러 가게 되니 실제로 부산에서 만날 수 있는 사람은 아무도 없을지 모르겠고 서서히 익숙해지는 새로 산 옷의 형태를 보며 그렇다면 처음 보는 사람 모르는 사람이 지금 나타나 코트 옆에서 서서히 익숙해지는 것은 어떨까 생각하다가 알던 사람도 이렇게 오랜만에 보면 과거의 형태와 지금의 얼굴이 몇 번씩 어긋나다가 결코 맞춰지지 않은 채로 바라보게 되겠지. 그런 과정을 반복해야 해 새로운 얼굴을 알아가세요 그런 식으로 사람을 만나야 해. 사람들의 얼굴을 보고 만지고 싶어졌다. 그래야 한다.

조민형이 떠올랐는데 이 사람은 마르고 작은 키에 넓은 어깨를 가졌고 짧게 깎은 머리에 눈썹은 짙은 눈썹. 누군가를 떠올려도 그 사람을 마지막으로 봤던 순간 같은 것 그즈음의 얼굴 같은 것으로 떠오르는 것이 아니라 몇 개의 스케치가 합해지다 흐려지다를 반복하는 것 같다. 조민형은 열어 둔 옷장 앞에 잠시 어떤 형태로 나타났고 와 아직 어리네 열아홉 살처럼 보이던 스물세 살 같다고 생각하다가 아니야 마지막으로 봤던 스물일곱 정도에 가까운 것 같기도 하고. 지금 연락을 해도 이상하거나 어색하지는 않겠지만 선뜻 하게 되지는 않았다. 그 대신 내일 부산항에 가보아야겠다고 생각했고 부산에 오면 이런 식의 느슨한 다짐과 목표로 시간들이 채워지는 것 같다. 잠깐 보이다 사라진 조민형이 마치 실제로 나타났던 것처럼 그 앞을 지날 때 왠지 여전히 조민형은 이런 표정을 짓고 있을 것 같다고 생각했다. 얼굴을 구기며 환하게 웃는 표정. 그런 생각을 하다 그날은 오랜만에 기억난 술집으로 저녁을 먹으러 나섰던 것이다.

저녁을 먹고 돌아와서는 피곤했지만 이대로 자면 안 될 것 같아 옷만 갈아입고 한참을 텔레비전을 보다가 가끔 술 취한 사람들이 신이 나서 내는 소리들 야! 야! 어이! 어이!를 듣다가 이어지는 말들을 자세히 들으려 창문을 열어놓고 그러면 들어오는 바람에 빠이 식어갔다. 옷을 간단히 입고 편의점에서 보리차와 인스턴트 커피를 사서 돌아와 씻고 잤다. 깨지 않았고 꿈을 꿨을지도 모르겠지만 기억나는 것은 없었다.

아침에 일어나 간단히 조식을 먹고 쉬다가 나가기 전 전날 산 코트를 다시 걸쳐보았다. 무거울 리가 없는 옷인데 이상하게 무겁다고 생각하면서 주머니에 손을 넣었는데 뭔가 들어있었고 꺼내보니 귀걸이 한 쌍과 일본 교통카드 두 장이었다. 아마 귀걸이 때문에 무겁다고 느낀 것일 텐데 클립형으로 귀를 뚫지 않아도 찰 수 있는 것이었고 나선형의 꼬인 모양으로 엄지손가락만한 크기였다. 크네 이런 걸 누가 하고 다녔을까 생각하며 해봤는데 막상 해보자 아주 어색하지는 않았다. 교통카드라고 생각한 것은 실제 교통카드인지는 모르겠지만 이전에 일본 여행 갔을 때 패스권으로 쓰던 카드와 비슷해보였고 뒷면에 정류장 이름과 날짜가 찍혀 있었다. 손바닥에 올려놓고 보니 역시 꽤 무거웠는데 옷가게에서 체크하지 않은 걸까. 아니면 옷가게 사람 물건일까 아니면 옷이 이곳저곳을 거치는 동안 아무도 관심이 없었을 수도 있다. 주머니에 있던 것을 꺼내 호텔 화장대 위에 두고 옷을 챙겨 입고 나왔다. 이것은 마치 나의 물건이고 외출하고 돌아와 자연스럽게 주머니에서 립스틱 라이터 껌 종이를 꺼내는 것처럼. 구겨진 영수증 팸플릿 영화 티켓 담배와 인스턴트커피 지갑 동전 지폐 은행 통장과 아로마 오일을…… 쓰다 보니 주머니에서 나올 수 있는 것은 무궁무진하네요. 아 그러나 실감이 나는 것은 교통카드와 귀걸이 같다. 여러 가지를 떠올려 봐도 글쎄 구겨진 영수증 정도가 걸맞을까. 아무튼 어제까지 내가 가지고 다니며 쓰던 물건이지만 오늘의 외출을 준비하며 잠시 빼둔 것처럼 귀걸이와 카드 두 장을 올려두고 나왔다. 아마 밤이 되어 호텔로 돌아오면 너희들이 누구였지 잠시 낯설게 생각하게 되겠지.

조민형을 생각하다 부산항에 가게 된 것이지만 호텔에서 그리 멀지 않았고 걷다 보면 곧 닿는 곳이니 전날 밤의 순간 정확하게 떠오른 조민형의 웃음 같은 닿을 듯이 생생했던 감각은 곧 가볍게 부서지고 나는 새로운 날이 기껍고 햇살이 눈부셨다. 길가의 식당이 내어놓은 파라솔이 만들어 낸 그림자를 보며 걸었다. 걷다가 초량시장을 구경하다가 왠지 허기가 져 기사식당으로 가 밥을 먹는데 24시간 영업이라고 되어 있지만 늘 점심 시간에만 오게 되고 늘 자리를 채운 근처 직장인들 사이에서 이상하게 한가하고 이상하게 쫓기는 기분을 동시에 느끼며 밥을 먹는다. 달고 매운 볶은 고기를 먹고 무생채를 먹고 밥을 먹을 때는 앞으로 뭐를 할지 이제까지 뭐를 하려고 생각해왔는지 잠시 잊게 되고 그렇지만 곧 계속 문을 열고 들어오는 사람들을 보며 얼른 먹고 나가야겠다는 생각을 한다. 기사식당 옆의 김밥집에는 김초밥과 유부초밥을 판다고 써 있었고 안 까먹는다면 저녁에 돌아올 때 여기서 김밥을 사서 돌아가야겠다고 생각했다. 이런 식으로 부산에 자주 왔지만 가야 할 곳 언젠가 갈 곳 가게 될 곳 다른 사람과 온다면 갈 수 있는 곳들이 구글맵에 핀이 꽂히듯 꽂힌다. 여기에 다시 올 것이다 나는.

부산항 여객터미널까지 가는 길은 늘 사람이 없고 다들 차를 타고 다니는 걸까 그러고보니 부산역에서 여객터미널까지는 종종 와봤는데 초량 방향으로 돌아서 간 것은 처음이었다. 희고 커다란 배가 바다 위에 떠 있는 것을 보기 위해 걸었고 오랜만에 날씨는 좋았지만 아직 공기는 쌀쌀했다. 조민형을 처음 마주친 것은 여객터미널이었는데 지금 내가 향하는 곳이 아니라 옮기기 전 그러니까 중앙동에 있던 때의 여객터미널이었다. 왜 이렇게 금세 새로운 것에 익숙해지는지 모르겠지만 이제는 커다랗고 새 것인 터미널이 원래 알던 곳 같다. 아니면 너무나 목적이 분명한 곳이라 그러니까 이곳이 천천히 시간을 보내는 곳이 아니라 배를 타고 배에서 내린다는 분명한 목적이 있기 때문에 옮기거나 바꾸거나 하는 것에 금새 적응을 해버리는 것인지 모르겠다. 바뀌기 전 터미널은 낡고 크고 오래되고 조금 덜컹거리는 느낌이었지만 사실 나는 그것이 더 좋았다. 배를 본다는 실감이 배를 탄다는 실감이 확실했다. 나는 배를 타고 오사카로 향하는 길이었고 조민형은 오사카에서 부산에 도착한 사람이었다. 상반신만한 배낭을 메고 짧게 깎은 머리에 카키색 점퍼를 입고 있었고 나는 시간이 남아서 터미널을 천천히 걷고 있었다. 데운 쌍화탕을 매점에서 팔고 있었고 마치 기차여행처럼 삶은 계란이 보였고 어묵은 가게마다 파는지 여기저기서 냄새를 풍기고 있었고 가게마다 배 멀미약을 판다는 안내가 붙어 있었다. 조민형이 왜 인상에 남았느냐면 그 사람도 나처럼 터미널을 천천히, 먹을 것이 별로 없어서 하나 쥔 사탕을 천천히 녹여 먹는 것처럼 그 공간을 천천히 누비고 있었고 바싹 깎은 머리카락 사이로 십자가 모양의 타투가 눈에 띄었기 때문이다. 어떤 일본인은 나에게 영어로 길을 물었고 나는 나도 처음 와서 모른다고 답하고 그때 옆에 있던 조민형이 일본어로 대답을 하고 또래로 보이는 일본인 남자애는 환하게 웃는다. 나는 그 옆에서 트렁크를 세워놓고 두 사람의 대화를 듣다 다시 터미널 안을 바라보았다. 배멀미약이 필요한가 보통 그렇게 커다란 배는 멀미를 안 한다는데 생각했다. 시간이 많이 남았기 때문에 그 생각을 천천히 아껴서 하다가 관두었다. 마르고 비슷한 키의 두 남자는 일본어로 이야기를 하고 나는 몇 개의 알아듣는 단어로 두 사람의 이야기를 추측하다가 시간을 보다가 가방에서 책을 꺼내 읽었다. 여객터미널의 창은 커다랗고 햇살은 공평하게 쏟아진다.

오사카—
오사카—
부산—
부산—
사카—
사카—
풋볼!
풋볼!

두 사람 모두 한동안 일본어로 이야기를 나누고 나는 오고 가는 단어들이 축구공처럼 아니 농구공처럼 여객터미널 창과 창 사이를 튀어나가고 있다고 느낀다. 한참 이야기하던 두 사람은 핸드폰으로 뭔가를 주고받고 노트에도 서로 뭔가를 쓰고 왜인지 서로 껴안고 머리가 긴 일본인 남자애는 조민형처럼 커다란 배낭과 손에 든 커다란 가방을 들고 햇살 속으로 걸어 들어갔다. 문을 나갈 때 뒤를 한번 돌아보았고 손을 가볍게 들었다 내리고 조민형도 웃으며 손을 들어 흔들고 나는 마치 조민형의 일행처럼 웃었다. 우리가 나란히 있고 터미널에 있고 그 사람은 출발을 하기 때문이었을지 모르겠다.

일본어 되게 잘하시나봐요.
예전에 살았어요.

나는 무슨 이야기 했느냐고 묻고 가볍게 오가던 사카 사카 풋볼 풋볼 둘 다 똑같은 사카와 풋볼을 생각했다. 아 부산에 왔는데 자기 뭐 모른다고 대학 안가고 돈 벌 건데 일단 여행부터 한다고 뭐 그런 머 자기소개? 뭐 모르니까 연락해도 되겠냐 저도 좋거든요. 나는 내가 곧 배를 타고 떠난다는 것이 순간 어색하게 느껴졌고 나도 부산에 사는 것처럼 부산은 모르지만 한국인이니까 한국어는 할 줄 아는데 이곳을 아는 사람 이곳에 속하는 사람으로 순간적으로 믿어버렸다. 나는 이제 오사카로 가는데 어디가 좋았느냐고 묻고 그 사람은 일주일은 친구네서 놀았고 그 다음에는 친구 자전거로 여기저기를 다니다가 돌아와 며칠 더 친구네서 묵다가 열차 패스를 사서 그날그날 공원에서 자기도 하고 게스트하우스에서 묵기도 했다고 했다. 돈도 없고 늘 편의점에서 사먹어서 아는 것도 없다고 했다. 그런데 어디 공원은 예쁘니까 가보라고 적어주었다. 여기가 어딜까 도착해서 찾아봐야지. 그러다 시간이 되어 자리에서 일어났다. 조민형은 계속 그 자리에 앉아서 가방 안에 든 것들을 정리하는지 꺼냈다 넣었다 하고 있었다. 나는 패키지로 예약을 했고 약속한 시간이 돼서 터미널 안 지정장소로 모이자 여행사 직원은 투명 지퍼백에 관광명소와 지하철 노선도를 복사한 프린트물을 건네주며 혼자 온 사람은 둘뿐이라 둘이서 같이 방을 써야 한다고 내 또래로 보이는 여자 분을 손으로 가리켰다. 그 사람은 수영이었고 우리는 5박 6일을 함께 같은 방에서 묵었다.

바다 위로 햇살이 부서지고 있었고 커다란 흰 배는 환하고 그 너머로 부산의 언덕과 언덕을 따라 들어선 집들이 보이고 움직이는 배는 없지만 바닷물이 약하게 찰랑이는 것이 보다 보면 보였다. 이십분쯤 지나자 뚜우하고 낮은 소리가 내가 앉아있는 벤치까지도 들렸다. 그걸 왜인지 녹음해야겠다는 생각이 들어서 휴대폰으로 영상을 찍었다. 나중에 움직임 없는 배와 고동 소리를 들으며 이걸 왜 찍었더라 하게 되겠지? 왜 그랬더라 왜 한 것이지 어떨 때는 사소한 것들에서 절대 벗어날 수 없을 것 같다. 그런데 사소한 것들을 하고 다시 하고 그것을 또 반복하면 조금씩 다른 곳으로 몸을 옮길 수 있다. 어디에서 어디로? 이 골목에서 다음 골목으로 아마도? 날이 조금 더 따뜻했다면 벤치에 누워서 낮게 퍼지는 소리를 들었을 것이지만 추웠고 미리 사서 가져온 커피는 이미 많이 마셔버렸다. 낮은 소리가 끝날 때까지 한참을 바람을 맞으며 흰 배를 바라보았다.

수영과 나는 웃으며 인사하고 수영은 별로 춥지 않은지 2월인데 가볍게 입고 있었다. 그게 일본에 처음 가본 것이었고 수영은 이전에도 여러 번 와봤다고 했다. 실제로 일본은 한국보다 훨씬 따뜻했고 얇은 점퍼의 수영이 그곳에 적당한 차림이었다. 거의 아무 것도 정한 것이 없는 나에 비해 수영은 몇 가지 정해둔 것이 있었고 일본어도 잘해서 나는 따라다니기만 해도 마음이 편했다. 아는 게 없었지만 모든 것이 새롭고 신나고 즐거웠는데 지금 이곳에서 떠올리니 벤치에 앉아 있는 나는 춥고 그때의 나와 수영은 따뜻한 공기 속 외투를 팔에 걸치고 좁은 골목길을 걷고 있고 두 사람의 그림자는 길어진다. 도착한 날 밤은 수영이 이끄는 대로 동네 식당에서 볶은 국수를 먹고 주인 할아버지는 여행왔느냐고 묻고 나는 따뜻한 물을 마실 수 있는지 물어보고 수영은 대신 물어봐주고 잔뜩 먹고 돌아오는 길에는 초록색 공중전화가 있고 이 길을 기억해야 하는데 길을 잃으면 안 돼 잊지 말고 제대로 돌아와야 하는데 애쓰는 나 애쓰며 즐거워하는 사람이 걸어가고 나도 그 길을 대체 어디쯤이었는지 이제 와서 대체 어디였을까 더듬어 보지만 어둡고 불이 꺼진 길은 어느 곳에나 있고 없더라도 있다고 곧 믿어버리게 된다. 나중에 알고 보니 위험한 동네라 숙박비가 싸서 배낭여행자들이 자주 묵는다는 이야기를 들었는데 예약 내역이 남아있을까 다시 배부르고 신이 난 두 사람의 뒷모습을 바라보고 그러다 아침이 되면 자기 몸보다 큰 기대에 부풀어 숙소를 나오는 두 사람은 커피가 중요하다고 말하며 편의점에 들러 캔 커피를 사서 마시면서 다시 진짜로 커피를 마시러 가야 한다고 발걸음을 옮기고 있다.

지금 바라보는 흰 배 너머로는 여객선이 아니라 화물 컨테이너가 끝없이 펼쳐져 있을 것이다. 화물선은 부산항으로 쉬지 않고 오가고 항구까지 오지 못하는 배들은 바다 위에서 검사를 받고 화물을 보낸다고 했다. 이 근처에서 근방을 지나는 버스를 타면 모든 것이 보였다. 기차를 타고 넓게 펼쳐진 논밭을 보는 것처럼 해안가를 달리는 차 안에서 바다를 보는 것처럼 컨테이너는 그렇게 광활하게 펼쳐져 있다.

그러니 밀수를 어떻게 잡겠습니까. 못 잡아요 못 잡아. 마약을 가져와도 잡히는 건 잡히겠지만 그게 다인지 누가 알겠습니까.

이 이야기는 누구한테서 들었더라. 아마도 혼자 술을 마실 때 밥을 먹다 뒤에 앉은 할아버지들이 이야기하는 것을 들을 때 어떨 때는 뜬금없이 조용한 카페에서 커피를 마시다 의외의 이야기를 듣게 되기도 한다. 예전에 전포동 카페 거리의 한 카페에서 커피를 마시다 자신이 본 중독자 이야기를 줄줄 풀어나가던 중년 남성과 이십대 초반 여성을 본 적이 있었는데 카페에는 나와 그 사람들을 빼면 아무도 없었고 클래식FM 라디오 방송 사이 사이로 80년대로 거슬러 가 당시 약국에서 팔던 수면제로도 사람이 얼마나 맛이 갈 수 있는지 설명하는 목소리가 들리고 이 사람은 마치 대본이 있는 것처럼 이야기를 잘했고 자기가 본 걸 말하지만 자기가 한 이야기로만 들렸다.

어느 곳 이상 넘어가면 끝인데 그 끝이 어딘지는 가본 사람만
안다는 거야.

카페에서 벌어질 수 있는 이야기는 너무나 많고 커피는 언제나
중요하고 커피가 너무나 중요하다고 여기며 오사카의 아침
거리를 들뜬 채 걷고 있는 두 사람은 정확한 길을 가고 있다.
이제서야 나는 그걸 알게 된다.

터미널에서 나오며 아마 이전에 갔던 중앙동 터미널은 국내
여객선이 오가는 곳으로 바뀌었다고 했었나 더듬어보고
부산에서 배를 타고 제주도 여행을 갔던 친구 이야기를
들어보면 그것도 꽤 재미있다고 했던 것 같은데. 잊지 않고
김밥집에 들러 김초밥을 사서 가방에 넣고 나에게도 커피는
중요한데 들뜬 발걸음으로 커피를 마시러 가던 두 사람 지금
다시 마주친대도 정말로 한 번에 알아볼 수 없을 것 같은 사람들
그러나 어딘가를 향하고 있을 때 두 사람이 함께 따라와 걷는
것 같다. 그럴 때 알려주는 것을 받아들일 수 있고 물어보는
것에 대답할 수 있고 믿을 수 있는데 그렇게 입을 벌리고 떠주는
것을 먹고 눈앞의 손을 잡고 걷다보면 조금씩 흔들거리며 걷는
사람들이 보이고 누군가 나를 내가 보는 것을 함께 보고 있다는
것을 다음 코너를 돌 때까지 계속된다는 것을 나는 그것을 여러
번 다시 할 수 있다.

커피를 마시며 이걸 모닝이라고 해 모닝? 이렇게 진한
커피랑 빵 같은 걸 먹는 걸 그렇게 부르는 거. 수영이가
알려주던 것이 떠오르고 우리가 언제부터 그래요 좋아요에서
그래 그래로 점프했을까 잠깐 생각하고 커피를 마시는 두
사람의 맞은편에는 할아버지가 커피를 마시며 신문을 본다.
커피를 마시러 갈 때마다 할아버지들이 있었다는 것이 중요한

사실인 것처럼 갑자기 떠오르고 커피를 마시며 수영은
가이드북을 확인하고 펼쳐서 무엇이 더 좋냐고 물어본다.
아마 다 좋다고 했겠지? 그날은 함께 고베에 가고 다음 날은
각자 나라와 교토로 흩어지고 그 다음 날은 함께 오사카를
돌아다니고 그 다음 날은 했던 것 중 가장 좋았던 것을 각자
혹은 함께 반복하고 그리고 다음 날 부산으로 가는 배에 오르게
된다.

배에 탄다는 것 외국으로 가는 배에 탄다는 감각이 최근 몇 년간
너무 멀게 느껴져서 나는 신이 난 두 사람을 따라가다가 몇 번씩
배를 타던 순간이라던가 배에서 내려 입국하는 순간이라던가를
여러 번 반복해봐도 그 감각이 멀고 멀어서 해본 적 없던 일처럼
느껴진다. 했던 것이 아니라 알던 것을 반복해보는 것 같다.
그렇게 반복하는 도중에도 멀리서 그런데 말야 시간이 지나
실제로 다시 하게 되면 또 달라질 거야 말한다. 어깨를 흔들면서
다시 하면 다르게 되고 또 다르게 된다고 일깨우듯 말한다.

고베에서는 외국인들이 살던 오래된 저택을 봤고 그
근처에서 무척 비싼 커피를 마셨고 식사를 무엇을 했는지는
기억나지 않지만 저녁에는 시청 옥상에서 야경을 보았다.
가는 길에 길을 헤매서 여러 번 왔다 갔다 하다가 길 가는
회사원처럼 보이는 여성에게 물어보았고 무척 친절하고 자세히
알려주었다. 무슨 이야기가 오가는지 알 수 없었지만 활짝
웃던 얼굴과 일행 셋이서 의논을 하면서 이게 아냐 아냐 아냐
이렇게라는 느낌으로 이야기를 하다 알려주던 것이 떠오르고
가는 길이었는지 수영이 무라카미 하루키가 고베 출신이래
일본에서는 고베 출신이라고 하면 뭔가 좀 세련된 느낌? 말하던
것이 생각난다.

이 이야기를 다른 사람에게서도 들은 것 같은데 누구였더라
아마 옷가게 사장일 것이고 그 사람은 종종 다른 가게들은 옷이
아니라 재료로 분류되어 크게 들어오는 옷더미에서 세금도 내지

않고 가져다 파는 것이라고 말하며 본인은 늘 고베의 옷가게에 들러 정확히 세금을 내고 수입을 해온다고 말했다. 나는 고베에서 하나씩 보고 가져오잖아. 고베가 진짜거든 거기가 좋은 물건이 많거든 하고 말하며 옷을 건네고 돌아보면 조금 피곤해 보이는 얼굴에 두꺼운 입술이 도드라졌다. 얼핏 조금 사나운 느낌인데 입을 다물고 있을 때 피곤한 얼굴에서는 더 많은 이야기를 발산하고 있었다.

커피를 다 마시고 좀 더 걸을까 호텔로 돌아갈까 생각하다 호텔로 향했다. 김초밥을 들고 점심일지 저녁일지 간식일지 헷갈리는 음식을 들고 호텔로 돌아왔다. 화장대 위에는 교통카드와 귀걸이와 이미 마른 녹차 티백과 머그컵이 있었다. 옷을 벗고 침대에 누워 침대 옆 테이블에 김초밥을 놓고 두 개를 연달아 먹고 화장대에서 카드 두 장을 가지고 다시 침대로 돌아왔다. 하나는 이오 카드 5000이라고 써 있었고 cassiopeia라는 열차 사진이 박혀 있었다. 뒷면에는 아무것도 찍혀 있지 않았다. 다른 하나는 패스넷이라고 쓰여 있고 장소는 알 수 없지만 숲 속 계곡 사진이었다. 뒷면에는 몇 번 사용을 한 것인지 첫째 줄에는 12多も玉川와 10立北이 나란히 쓰여 있고 두 번째 줄에는 国分寺14SB라고 쓰여 있다. 두 번째 지명은 고쿠분지라고 읽는데 첫 번째는 알 수 없었고 승차역—하차역을 표시하기 위한 조합 같았다. 찾아보니 두 카드 모두 충전식 교통카드로 발매하지 않게 된 지 10년이 넘었다고 한다. 발매한 지 오래되었지만 사용이 가능한 곳이 있다고 하니 계속 사용했던 것일까 일본의 누군가는? 아니면 이 옷은 몇 년을 떠돌다 여러 옷들과 함께 부산으로 실려 온 것일까.

고베에서 돌아오던 길이라던가 함께 오사카 이곳저곳을 돌아다니던 것은 하나도 떠오르지 않지만 매번 근처 지하철역에서 내려 아 이제부터 길을 외워야 해 다짐하며 정신을 집중하려 애쓰던 것 그럴 때 옆에서 저기 편의점

있잖아 밤에도 보이니까 저걸 봐 하던 목소리 오사카에서 돌아올 때는 각자 다른 선실로 안녕 안녕 연락하자고 손을 흔들며 흩어졌는데 부산에 내리자마자 나란히 줄을 서서 웃던 것이 이어지고. 짐을 끌고 나왔을 때 수영은 멀리 있는 누군가를 향해 손을 흔들고 나는 마치 수영의 일행처럼 웃으며 나도 아는 사람인 것처럼 웃는 얼굴을 하고 맞은편을 본다. 조민형은 놀라지도 않고 같이 오네라고 말하고 익숙하게 수영의 짐을 받는다. 사촌 사이라고 했는데 사촌끼리도 이렇게 친하구나 놀랐다. 수영과 둘이 헤어질 때에는 그런 약속이 바로 나오지 않았지만 셋이 되자 바로 오늘 저녁에 만나자는 약속이 만들어졌다. 오사카에서도 고베에서도 나는 수영을 따라다녔는데 부산에서도 수영이 이끄는 대로 시장 안 닭도리탕집에서 저녁을 먹는다. 그 해는 그 다음 해는 부산에 갈 때마다 두 사람에게 연락을 했지만 마지막으로 연락한 게 언제더라. 저녁을 먹은 세 사람은 피곤했을 텐데 어째서인지 가방을 내가 예약해 둔 호텔에 맡기고 다시 나와 커피를 마시고 술을 마신다. 이전처럼 온몸으로 신나하기에는 다소 피곤한 두 사람이지만 이제 서로를 이해한 것 같은 몸짓을 하고 있다. 조민형은 터미널에서 마주쳤던 일본인과 이제 친구가 되었다며 그 친구를 부르고 그 애는 마치 여행 첫날 잔뜩 들떠있던 나와 수영처럼 신나는 걸음으로 숙소에서 빠져나온다. 아무튼 돈이 없었다. 돈이 없는 네 사람은 계속 걷다 용두산 공원 정자에서 맥주를 마시고 새우깡을 먹고 얘 이름은 조지야. 뭐야 진짜 이름이야? 진짜 이름! 진짜 진짜 이름! 조민형과 조지의 대화는 이전처럼 농구공처럼 통통 튀어오르지 않고 느릿느릿 그러다 한 번씩 술잔을 부딪치는 것처럼 소리를 내며 만난다. 사카 축구 고등학교 때까지 축구선수였대. 우와. 정자에 누워 세 사람의 일본어 대화를 들으며 왜인지 어느 순간은 알아듣는 것만 같다. 나는 영어로 수영이 좋아! 재밌어! 외치고 수영이는 미투라고 외친다. 조지는 며칠 사이에 한국어를 배운 건지 진짜 좋아 진짜

좋아 중간 중간 말하고 아 이러다 내일은 완전히 뻗을 것 같아
이틀 후 바로 출근이라는 수영이 대답한다.

배에 타려면 뭐 해양대학 이런 데 가야 되잖아.

갑자기 무슨 배?
아니 배 타고 자주 왔다 갔다 하니까 배 재밌지 않나?
나는 배에서 탕 안에 있을 때 좋던데. 탕 안에 있는데 막 무슨
해상선? 국경? 이런 거 지나는 거잖아.

조민형은 당장은 아니지만 크루즈 회사에 시험을 볼 거라고
했다. 그런데는 그냥 입사 시험만 보면 되지 않나? 수영은
붙으면 공짜로 태워 달라 말하고 조지에게 상황을 설명해주고
조지는 오 나도 나도나도 한국어로 말한다. 돌아올 때 나와
같은 방을 썼던 할머니는 70살이 넘은 재일교포였는데
경로우대가 돼서 뱃삯이 싸고 열 번을 타면 한 번이 무료기
때문에 심심하면 부산으로 배를 타고 와 찜질방에서 자면서
목욕을 하고 친구들도 만나고 장을 보고 돌아온다고 했다.
오사카를 대판이라 하고 교토를 경도라고 했다. 배 안에는
젓갈을 담은 스티로폼 상자가 두 개 놓여 있고 자갈치 시장 말은
많이 들어봤는데 한 번도 제대로 구경해본 적은 없네 이렇게
상자째로 젓갈을 사가는구나.

화장대 위 교통카드를 보면서 왜인지 조지를 떠올렸는데
조지 너는 도쿄 어디 사는데? 고쿠분지—고쿠분지? 이름이
이상하네 생각했고 수년이 지나 도쿄에 갔을 때 중앙선 지하철
노선도를 보며 다시 고쿠분지? 아 고쿠분지 속으로 따라하며
웃었다. 이후로도 다시 배를 타고 오사카에 가게 된다면 그때는
조민형을 생각할 예정인데 그게 언제가 될지는 모르겠고 나는
늘 이런 사람들만이 나를 잊지 않았으면 좋겠다고 생각한다.

박솔뫼

소설집 『그럼 무얼 부르지』 『겨울의 눈빛』 『사랑하는 개』 『우리의 사람들』, 장편소설 『을』 『백 행을 쓰고 싶다』 『도시의 시간』 『머리부터 천천히』 『인터내셔널의 밤』 『고요함 동물』 『미래 산책 연습』이 있다.

짧은 단발에 무릎 아래까지 오는
허리 치마를 입은 그녀는 쥐
파먹은 머리를 한 나를 내려 보며,
'니 남자가, 여자가?' 묻곤 했다.
그러면 나는 대뜸 '다람쥐!' 그렇게
대답하고는 도망쳤는데, 왜 내가
나를 '다람쥐'라고 말했던 건지는
기억나지 않는다. 어쨌든 그때 나는
다람쥐로 살았고, 아마도 다람쥐로
행복했을 것이다.

초량의 사다리

김비

Soundtrack 2. 숨결 위에 부유하는 발걸음
by Ashahn

내가 사는 집의 초인종은 망가졌고, 나는 그걸 고치지 않았다. 누르고 또 눌러도 울리지 않는 그것이 나는 좋았다. 안에 사람이 없다고 믿는 짐작과 있을 거라는 확신이 교차해 문을 두드릴 때, 그 소리를 가만히 듣기만 한다. 문은 절대 열지 않는다.

오히려 문을 두드리는 소리가 낮고 희미할 때, 눈앞이 아니라 발치께에서 만지작만지작 톡톡거릴 때, 그때 딱 한번 문을 연다. 그러면 앞집에 아이가 나를 올려 본다. 아홉 살을 살아 놓고 아흔 살을 산 것 같은 그 얼굴이 참 반가웠다.

“아저씨, 나 힘들어.”

눈을 맞추려고 허리를 굽히자, 아이는 무너지듯 내 등에 매달렸다. 내 등에 얼굴을 묻고서 한쪽 볼을 부풀렸다.

“엄마는 어디 갔어?”
“싸우러.”

"아빠는?"
"게임해. 어제 구백구십구 억 벌었대. 아줌마, 아줌마는 조 알아? 구백구십구 억이면, 금방 조 된대. 아저씨, 조가 얼마야?"
"근데, 너 왜 매번 날 아저씨라고 했다가 아줌마라고 했다가 그래?"

등짝에 달라붙어 고개만 내밀었던 아이가 어깻죽지 아래로 얼굴을 묻었다.

"나 힘들어, 아줌마. 싸우기 싫어."

아이는 아예 내 등에 얼굴을 묻고서 짧은 팔로 내 목을 감싸 안았다. 침을 흘리는지 겨드랑이 아래가 척척하게 젖어왔다. 문고리를 쥐었던 마음을 내려놓고서, 나는 두 팔로 아이의 엉덩이를 받쳤다. 혹시 아이가 불편할까 최대한 편편하게 등을 폈다. 겨드랑이 아래로 삐져나온 아이의 발이 덜렁덜렁 까불렀다. 엘리베이터를 타고 내려가 아파트 건물을 나서며 아이에게 물었다.

"위로 갈까, 아래로 갈까?"
"아래로!"

아이는 온 몸을 흔들며 대답했다. 그러나 비탈에 선 아파트 단지를 나가 아래쪽으로 향하면 아이는 또 금방 '아니 아니, 위로!' 외칠 것이다. 등에 업은 아이가 뒤로 넘어가지 않도록 허리를 더 많이 굽히고 위쪽으로 올라서면, 아이는 다시 '아니 아니, 아래로!' 말할 것이다.

위로 갔다가 아래로 갔다가 기울어진 언덕을 오르내리면, 아이는 금세 잃어버렸던 웃음을 되찾을 것이다. 초인종은 울리지 않았고, 나는 문을 열었고, 나도 아이처럼 웃을 것이다.

싸우러 나갔다는 아이 엄마를 찾겠다는 생각은 아니었다. 싸움이야 피하는 게 상책이라고 믿었던 비굴한 생이 나였으니, 그럴 리 없었다. 아이 엄마가 부산역 앞 차이나타운의 한 중국 식당에서 점원으로 일한다는 이야기는 건너들어 알고 있었다. 엘리베이터에서 잠깐 안부를 나누는 사이에 불과했지만, 그 음식점 이름이 이상해 기억하고 있었다.

오십은 참 이상한 나이이기도 하지, 쓸모없이 고꾸라지다가 별 이유 없이 용기가 나기도 했다. 초량으로 가는 버스를 탄 것도, 머리를 짧게 자른 것도 아마 그 때문일 것이다. 그렇다고 군에 복무하던 시절처럼 짧을 필요는 없었는데, 귀찮고 거추장스러우니 전부 잘라달라고 했다. 흰 머리가 제법 나는 줄 알았지만, 짧게 자르니 온통 새하얬다. 덮거나 감출 수도 없이 뿌리만 남은 자리라는 게 원래 그런가, 남루하고 보잘것없었다. 분필 가루를 뒤집어 쓴 것 같은 짧은 머리를 쓰다듬으며 '샴푸 값은 덜 들겠네.' 그랬는데, 헛기침이 쏟아지고 말았다. 헛 살지 않았다고 믿었는데, 그날은 하루 종일 헛헛한 기분이었다.

물론 지금은 괜찮아졌다. 그렇다고 하얘진 머리칼이 검어질 일은 없지만, 무명작가로 사는 일조차 이제 그만두어야 할지 모른단 생각이 추슬러지진 않았지만, 머리를 자르고 나니 좀 후련했다. 내 삶에 내가 꽂았던 깃발을 이제 내 손으로 뽑아 내려와야 할 때란 걸 알겠지만, 여전히 깃발은 내 손에 있단 것도 알 수 있었다. 순리대로라면 이쯤에서 포기하는 게 옳지만, 그래도 당장 고꾸라지고 싶은 마음은 덜했다.

실패 위에 깃발을 꽂는 방법 같은 건 없나? 나는 그날 손톱을 세워 머리 가죽이 아리도록 벅벅 긁어 샴푸질을 했다. 까끌까끌한 뒤통수를 밀어 올려 어루만질 때마다 뼛속까지 서늘했다. 아주 잠깐 코끝이 시큰했고, 나는 팽 소리가 나도록 시원하게 코를 풀었다.

해마다 지원사업 목록을 뒤적거리며 나랏돈을 빼먹는 일도 이 나이 먹고 못할 짓이었다. 젊은 작가들에게 품을 내주지는 못할망정 그 자리를 꿰차고 앉아 내 몫이나 챙기려는 짓이라니. 머리카락이 짧아지니 수치스런 마음까지 드러나고 만 셈인가? 뒤통수만 쓰다듬는다고 생각했는데, 내 손은 자꾸 얼굴까지 쓸어내렸다. 갑자기 용기가 생겼던 게 아니었나? 나는 정수리 위에 손가락을 세워 머리 가죽이 아릴 때까지 긁고 또 긁었다. 아무리 긁어내도 사라지지 않는 분분한 마음들이 어디선지 자꾸 샘솟아 쏟아져 내렸다.

그러고 보니 나도 초량 사람이었다. 나는 초량천이 복개되어 땅이 될 무렵, 언덕배기에 늘어선 판잣집들 한복판에서 태어났다. 내 양친은 둘 다 충청도 병천 사람이었는데, 전쟁통에 이곳에 와 정착했다고 했다. 양친 모두 서로에게 살갑지는 않았지만 그래도 잔정이 없지는 않았는데, 나를 낳고 더 이상 아이는 낳지 않았다. 그 시절의 초량처럼 여러 이유들이 뒤섞였겠지만, 위아래 없이 혼자 크는 일이 별로 고되지는 않았다.

어릴 적 나는 동네 아이들과 구봉산 자락 도랑 근처나 부두를 오가며 놀았는데, 우다다다 언덕을 내달리는 게 재미났다. 복개된 초량 천 길은 유독 넓었는데, 그 길이 모두 내 땅 같았다. 비탈에서 기운 몸으로 시작해 짧은 다리를 열심히 뻗다보면 바다를 만나게 되는 것도 신기했다. 부두에서 아이들은 벌크선에서 내린 원목을 타고 놀았고, 나는 바닥에 떨어진 물건들 중 석필을 주워 가지고 노는 걸 좋아했다. 석필을 들고 텅 빈 벽마다 무얼 그리거나 적어 넣었다. 나는 내가 뭘 적고 그리는지도 몰랐고, 그러니 글을 쓰며 살자는 내 결심을 밀어 올렸을 리는 없었다. 오히려 바다와 만난 산등성이가 그랬을까, 땅이 된 개천이 그랬을까?

나는 열심히 아이들을 쫓아다녔는데, 그러면 그럴수록 이상하게도 아이들로부터 멀어졌다. 이 아이도 나 같지 않았고, 저 아이도 나 같지 않았다. 멀어진 게 상처가 되진 않았다. 한 쪽으로 멀어진 건 반드시 다른 쪽으로 가까워졌고, 이제는 그마저도 굳이 그럴 필요 없는 거라는 걸 알게 되었다. 흘러간다고 모두 바다를 만날 필요는 없는 일이었다.

삶의 어떤 순간이 운명처럼 느껴질 때가 있긴 했다. 정말 운명이라서 그랬는지, 단지 멀리 온 자라서 멀리까지 보였던 건지, 어떤 순간은 처음부터 말뚝처럼 그 자리에 꽂혀 나를 기다렸던 것 같기도 했다. 먹고 사는 일에 매달리기만 해도 모자란 인생이, 도대체 뭐하자고 글을 쓰며 살자고 마음먹었을까?

나는 아직도 그 해답을 찾지 못했다. 십 년을 쓰고, 십 년을 도망쳤다가, 다시 돌아와 십 년을 쓰고도 여전히 제자리인 것만 같은 오늘의 답을. 이제 어디로도 도망칠 수 없단 걸 알아버려, 더 이상 내려설 곳도 없이 바닥에 닿아버린 나를.

담배 대신 가방 안에 쑤셔 넣은 사탕 한 개를 까다 말고, 나는 비닐의 양쪽을 비틀어 다시 감쌌다. 까끌거리며 말라가는 입 안을 혀끝으로만 어루만졌다. 쓰고 쓴 몸속을 사탕 한 알로 달래지 않고, 오늘은 쓴 마음 그대로 돌돌 말아 입 안에 굴렸다. 잘 알지도 못하는 한 사람의 싸움에 관해서만 생각했다. 비굴한 마음이었다.

애써 오지 않으려 했던 건 아닌데, 오지 않게 되어버린 곳이 초량이었다. 달갑지 않은 고향이라면 누구에게라도 마찬가지인가? 버스는 대로변이 아니라, 길 한복판에 나를 내려주었다. 나는 길에 막혀 횡단보도 앞에 서 있었다.

두려움은 아니었다. 아닌가, 뭐가 됐든 그 근처인가? 길을 알았고 가야할 곳은 멀지 않지만, 나는 자꾸 반대쪽을 올려봤다. 태어난 자리를 향한 그리움 같은 건 아닌데, 내 몸은 초량 성당 너머 구봉산 쪽을 보며 걷고 있었다. 아니지, 그쪽이 아니지. 뒤로 돌아서긴 했지만, 나는 차이나타운 쪽으로 가지 못하고 초원 아파트 쪽으로 걸었다. 아니, 그쪽이 아니지. 다시 돌아서니 초량 초등학교 옆을 지나고 있었다. 아니지, 이쪽은 아니지. 아니라고 말하면서도 나는 계속 비탈을 오르기만 했다. 이게 뭐하는 짓인가 싶었다. 애초에 가려던 곳으로부터 나는 자꾸 멀어졌다. 그런데도 걸음을 멈출 수가 없었다.

내 두 발 아래로, 물이 흐른 건 그때였다. 어느 집에서 내다버린 물 자국을 밟은 게 아니라, 정말 나는 개천 한복판 같은 흘러내리는 물 위에 서 있었다. 좀 전까지 길 위에 있었는데, 순식간에 물 위였다. 물은 금세 신발 밑창을 타고 올라와 발등까지 적셨다.

"어어, 거기··· 거기 좀 잡아주소!"

비탈을 올려 보니 길 한복판에 난 직사각형의 구멍에서 고개만 내민 사람이 있었다. 그는 여러 개의 굵은 호스가 박힌 구멍 속에서 막 기어 나오던 참이었다. 내 쪽으로 늘어진 호스에서 물줄기는 왈칵거리며 쏟아져 나왔고, 남자는 나를 향해 그걸 잡으라고 가리켰다. 나는 엉겁결에 호스를 집어 들었고, 물줄기가 뿜어 올라 와락 나를 덮쳤다.

"아이고, 고맙습니데이. 더 높이··· 높이··· 쪼매만 들고있읍시다이··· 아따 왜 하필 이때 터져가지고··· 좀 더 높이··· 높이··· 쪼매만 들고 계시소!"

남자는 나에게 호스를 들려 놓고 다시 바닥에 난 구멍 속으로 기어들어갔다. 내가 든 호스에서 물은 더 이상 솟구치지 않았다. 호스 밖으로 흐르기는 했지만, 감당할 수 없을 정도는 아니었다. 두 손과 두 팔이 젖고 밑창이 낮은 신발까지 모두 젖었지만, 나는 그제야 오르기를 멈추고서 구멍 옆에 섰다. 비탈에 서고 보니, 내가 올라온 길이 보였다. 지금은 땅이 되어 건물들이 들어선, 초량 앞 바다가 보였다. 땅이라고 불러도 괜찮은 바다였고, 바다라고 불러도 괜찮은 땅이었다.

남자는 구멍에서 기어 나와 거듭 죄송하다고 했다. 하필 일하는 직원들이 모두 점심을 먹으러 간 통에 사단이 났다며 턱 밑을 쓰다듬었다. '온통 물벼락을 맞으셨으니 우짜지예?' 라고 물었는데, 기분이 나쁘지는 않았다. 집집마다 들어가는 수도관이라 물은 깨끗할 거라고 했고, 나도 웃으며 고개만 까딱했다. 물이야 마르면 그뿐 어쩌면 나도 어딘가에 나를 내다널어 말리고 싶었는지도 모르니, 잘 되었다 싶기도 했다.

저 아래 공사를 하며 뭐가 잘못된 건지 자꾸 이 위에서 문제가 생긴다고 남자는 말했다. 큰 일 벌이는 놈들은 따로 있고 뒤치다꺼리하는 놈들은 따로 있으니 만날 자기 같은 사람들만 골탕을 먹는다고 했을 때, 나는 내 옆에 와 앉은 남자의 턱 밑만 들여다봤다. '옛날에는 급수차가 들어오면 매일 물을 길러 날라야 했는데, 그래도 기사님 같은 분들 덕에 이 비탈에도 살아지는 거겠지요.' 말했는데, 남자는 턱 밑을 쓰다듬다가 눈을 크게 떴다.

초량 사람이냐고 물었는데, 나는 그렇다고 대답하지 못했다. 아니라고 하지도 못했는데, 남자는 대뜸 그럼 항도 국민학교에 다녔느냐고 물었다. 그렇다고 고개를 끄덕이기도 전에, 남자는 자신도 거기 나왔다며 입꼬리를 끌어올렸다. 남자가 말한 졸업 시기까지 비슷하다고 하면 더 귀찮게 할 것 같아 몸을 일으켰는데, 남자는 그러면 명태 선생을 아느냐고, 혹시 지금 그 댁에 가는 길이냐고 했다.

모른다고 알 리가 있겠느냐고 하고 싶었지만, 석필을 들고 낙서하는 나를 쫓아오던 한 사람이 너무도 생생하게 떠올랐다. 짧은 단발에 무릎 아래까지 오는 허리 치마를 입은 그녀는 쥐 파먹은 머리를 한 나를 내려 보며, '니 남자가, 여자가?' 묻곤 했다. 그러면 나는 대뜸 '다람쥐!' 그렇게 대답하고는 도망쳤는데, 왜 내가 나를 '다람쥐'라고 말했던 건지는 기억나지 않는다. 어쨌든 그때 나는 다람쥐로 살았고, 아마도 다람쥐로 행복했을 것이다.

남자는 내 대답을 듣기도 전에 잠시만 있어보라 하고는, 휴대폰을 눌러 통화를 시작했다. 그러고는 '명태 선생'의 집 위치를 누군가에게 확인했다. 아니라고, 거긴 옛날에 살던 집이라고, 최근에 다시 이사한 집을 너는 모르는 거냐 휴대폰 너머 누군가를 타박했다. 그러고는 '해룡'이란 이름을 말했는데, 아마도 그들의 동창이거나 급장이거나 한 모양이었다.

내가 선생의 집을 찾아가는 중이라고 말한 적도 없는데, 그는 엉거주춤 몸을 일으킨 나를 향해 해룡이를 찾아가보라고 말해주었다. 자신도 오늘 밤에 일 마치고 명태 선생 댁에 갈 거라고 했는데, 그때 다시 보자고 했는데, 그 웃는 얼굴을 향해 사실인 것과 사실 아닌 것을 따져 말해주기가 쉽지 않았다. 그의 턱 밑만 보고 있는 사이, 그는 정말 반갑다고 이따 밤에 꼭 보자고 말해 놓고는, 다시 구멍 속으로 들어가 버렸다.

호스가 뒤엉켜 뽑아져 나온 구멍을, 나에게 물벼락을 뒤집어 씌웠던 구멍을, 나는 물끄러미 들여다보았다. 웅웅 울리며 안에서 그의 목소리가 들려왔는데, 무슨 말인지 제대로 들리진 않았다. 나를 반기는 말, 또 보자고 하는 말이란 것만 알 것 같았다.

그러고 보니 그 근처에 우물이 있었던 게 기억났다. 전쟁 이후 부산에 사람은 계속 늘어났는데, 여기에서 살아남아야 했던 사람들은 산비탈을 타고 올라 제 손으로 집을 지었다고 했다. 산을 깎아 터를 만들고 그 위에 판자나 철제로 집을 짓고 살기 시작했고, 내 양친도 그들 중 두 사람이었다.

집을 만드는 건 어렵지 않았지만, 사람이 살고 자라는 집이 되게 하는 건 역시나 사람의 일이었다. 전기나 수도 시설도 제대로 마련되지 않았고, 내가 어렸을 때까지도 여기 위쪽 동네에는 수도 설비가 갖추어지지 않았다. 그래서 그 시절엔 걸음마를 할 수만 있으면 양재기라도 들려 물을 긷는 데 손을 보태게 했다. 순진했던 우리가 우물이나 급수차 앞에 줄을 서면 새치기를 하는 어른들의 등짝만 보고 섰는 게 억울해 울음을 터뜨리기도 했다. 제 몸보다 큰 양재기를 들고 욕심껏 물을 받았다가 계단 위에 엎어져 울기도 했고, 물지게를 진 어른들이 손으로 물그릇을 받쳐 주기도 했다.

화장실도 문제였는데, 미군부대에서 얻어온 드럼통 위에 나무판자를 얹어 변소를 만든 집은 그나마 양반이었고, 그마저 마땅치 않은 집은 어쩔 수 없이 구덩이를 파 대충 볼일을 봤다. 비료로 쓴다고 인분을 모은 구덩이도 있었는데, 냄새나고 더러운 곳을 들여다보고 손가락질하며 킬킬대는 게 동네 아이들의 또 하나의 놀이였다. 밀고 밀치며 장난질을 하다가 몇몇은 인분 구덩이에 발을 빠트리기도 했다. 그러고 나면 그 아이를 놀리느라 또 며칠간의 이야깃거리가 되기도 했다.

제법 추웠던 어느 겨울에 나도 인분이 얼룩덜룩 뒤엉킨 자리가 혹시나 얼었을까 발을 집어넣었다가 빠트린 적이 있었는데, 그때 나를 집어 올려 발을 씻겨준 사람이 바로 그 선생이었다.

선생도 우물 앞에 줄을 서서 애써 길어 나른 물일 테지만, 고무 대야에 받아 놓은 물을 아낌없이 퍼 날라 신발을 벗기고 양말을 벗겨 내 발을 씻겼다. 얼지는 않았어도 겨울 물은 겨울 물이었는데, 내 발을 씻기는 선생의 손이 대신 빨갛게 얼었는데, 이상하게도 나는 그 순간을 봄처럼 따스한 날이었다고 기억한다. 선생의 새하얀 정수리와 귀밑으로 달랑거리던 단발의 새카만 머리끝이 너무 예뻐 만져보고 싶었다. 내 안에 얼었던 어딘가 녹았고, 생의 비탈을 따라 조금씩 흘러내리고 있었다.

지금도 그 우물이 남았을까 싶었지만, '우물'이란 명찰까지 달고서 아직 그곳에 있었다. 내 기억으로 우물은 전부 세 군데였는데, 하나만 남은 모양이었다. 우물 옆으로 난 계단길이 까마득하고 가팔라, 관광 온 사람들은 우물에는 눈길조차 주지 않았다. 놀이 기구처럼 계단 옆에 작은 모노레일까지

만들어 놓았으니 사람들은 놀이공원에라도 온 것처럼 신이 난 얼굴들이었다. 모노레일을 타는 사람들도, 168개나 되는 계단을 올라보겠다고 팔을 걷어 부치는 사람도, 그 옆에 우물이 있단 걸 아무도 알아채지 못하는 것 같았다.

계단 위에 올라 사진을 찍는 사람들을 비켜서, 나는 우물 곁으로 다가섰다. 이 우물의 이름은 '우물'이 아니라 더 많은 이름들이어야 했다. 얼마나 많은 사람들이 이 우물에 기대어 살았는지, 이 우물을 지키는 일이 얼마나 소중했는지, 작은 푯말이라도 있으면 좋으련만 '우물'이란 두 글자는 이 우물을 아는 누군가에겐 참으로 남루하게만 보였다.

시간에 귀를 기울이듯 나는 나무 뚜껑으로 덮어진 우물 쪽으로 귀를 댔다. 이명처럼 졸졸 물 흐르는 소리가 들렸다. 아닌가, 재잘거리는 사람들 소리인가? 혹시 열릴까 나무 뚜껑을 들어 올렸는데, 끼익 소리를 내며 열린 시커먼 우물 속에서 갇혔던 어둠이 동그랗게 회오리쳤다. 축축한 공기를 내뿜으며 물소리가 더욱 또렷하게 들려왔다. 어딘가에서 흘러와 어딘가로 흘러가는 것들의 소리가. 멈추지 않고 여전히 흐르고 있는 그 봄날의 샘이.

우물 곁에 한참을 섰다가, 여러 바퀴 맴돌았다가, 뒤집혔어도 뒤집힌 것 같지 않은 '물우'를 읽으며 웃다가, 우물의 지붕 아래를 나왔다. 사람들은 높은 계단만 계속 걸어 올랐다. 집으로 올라가기 위한 방법은 계단뿐이었던 그 시절이 생각났다. 초량 곳곳에 계단은 그래서 그토록 많았는데, 어떻게든 자신의 집으로 가족들 곁으로 돌아가기 위한 마음의 구조물이었다. 그 마음이 이어지고 또 이어지다보니 그토록 높고 가팔라진 거라고 말해주고 싶었지만, 그러진 못했다. 나도 낡았고, 그 말조차 이제 낡아버린 것만 같았다.

정말 남자가 말해준 해룡이란 사람을 찾아 가야 하는 건가, 그리움과 죄책감이 나란히 발아래 서성거렸다. 그때였다.

나무판자를 덧대어 만든 벽에 유리문이 딸랑 열렸다. 앞치마를 하고 휴대폰을 든 한 여자가 나를 향해 손짓했다. 영문을 몰라 두리번거리다가, '나요?' 내가 나를 가리켰는데, 들어오기나 하라고 그녀는 나를 안으로 이끌었다.

어색하게 선 나를 밀치듯 가게 구석에 앉힌 그녀가 구멍 속에서 나온 그 남자와 동창이란 건 나중에야 알게 되었다. '동철이한테 들었다'고 했는데, 나는 동철이를 몰랐고 그 남자 이름이 동철인 것도 몰랐지만 상관없는 모양이었다. 어쨌든 그러니까 그 여자 역시 나와 동창인 셈이었다.

주문을 하지도 않았지만, 그녀는 도시락을 내왔다. 밥이나 먹고 가라고 했다. 비슷한 연배라는 말도 하지 않았는데, 그녀의 말투는 이미 친구 대하는 듯했다. 그녀는 친구처럼 '맛나게 무우라'고 짧게 말했다.

진짜 도시락이었다. 편의점에서 묶어 파는 플라스틱 도시락이 아니라, 칠이 벗겨진 양은 도시락에 새하얀 밥알들이 달걀프라이를 이불 덮고 있었다. 볶은 김치와 멸치 볶음과 혓바닥 같은 소시지가 구석에 가지런히 담겼고, 길고 긴 시간이 건너편 자리에 와 앉은 것 같았다. 반갑지만은 않은 기억이었는데, 그렇다고 숨통을 조여 오진 않았다.

숟가락을 들고 밥덩이와 달걀프라이를 쪼개 입에 넣었다. 같이 나온 시락국 국물을 떴다. '니 도시락 안 무 봤나? 쓰까야지.' 여자의 물음에 대답도 하지 못했는데, 그녀는 숟가락을 빼앗아 들고는 도시락을 끌어당겼다. 숟가락으로 달걀프라이와 소시지를 조각조각 잘라내고 밥알과 반찬들을 뒤섞더니 뚜껑을 덮어 이리저리 흔들어 섞었다. 짧은 파마머리에 온통 주름진 그 얼굴이 잠깐 애들처럼 신이 났는데, 나는 그 모습이 참 예뻐 가만히 지켜보았다.

그녀가 펼쳐 준 도시락 속은 빨갛게 변해 있었다. 낡고 낡은 허기가 뱃속을 두드렸다. 동철이란 사람을 모르고 그녀 역시 몰랐지만, 밥 한술 앞에 있으니 몰라도 괜찮을 것 같았다.

나는 숟가락을 들고서, 도시락을 깨끗이 긁어먹었다.

'명태 선생 네 찾아 간담서?' 대답이 필요 없는 질문을 혼자 묻고는, 그녀는 자신의 오빠 이야기를 했다. 기억날 리 없었지만 밥 한 끼 얻어 먹은 값이라 생각하며 고개만 끄덕여주었다.

그녀는 자신의 오라비가 미군부대 저유창 너머 저수지에서 빠져 죽을 뻔한 일이 있었다고 했다. 수영을 하다 죽고, 얼음을 지친다고 죽고, 빠져 죽은 사람이 워낙 많아 귀신 들렸다는 소리가 소문만은 아닌 것처럼 초량에 퍼졌는데, 국민학교 4학년짜리가 부두에서 비료 하역 작업을 하던 아버지 퇴근길을 맞이하러 갔다가 돌아오지 않자 명태 선생이 온 초량을 이 잡듯 뒤집고 다녔다고 했다. 날이 어둡고 밤이 늦어 저수지 주변은 캄캄했는데, 그 속에서 버둥거리는 오라비를 명태 선생이 발견하고는 뛰어들어 끌어내왔다고 그녀는 말했다.

아무리 그래도 여자 몸으로 한밤중에 저수지에 뛰어들어 열 살이나 먹은 남자 아이를 혼자 끌어냈다는 게 믿기지 않아 나는 두 눈만 멀뚱댔는데, 그녀는 그날의 믿지 못할 풍경을 자신만 본 게 아니라며 이따 밤에 명태 선생 집에 동창들 오면 물어 확인해보라고 장담했다. 그 선생이 목숨 살린 게 이 동네 어디 한 두 사람인 줄 아느냐고.

그 시절 명태 선생이 유명했던 게 웬만한 사내 선생 못지않게 힘이 셌고 할 줄 모르는 게 없을 정도로 만능이었기 때문인데, 너는 기억나지 않느냐고 그녀는 되물었다. 아이 찾으러 나섰던 선생들은 귀신한테 끌려 들어간다고 저수지 근처엔 얼씬도 못했는데, 명태 선생 혼자 그 주변을 이 잡듯이 뒤져 끝내 제 오라비를 찾아냈던 거라고, 그 오라비와 지금 당장 통화를 하겠느냐고 그녀는 내 눈 앞에 휴대폰을 들이밀었다.

물론 선생이 다른 교사들과 좀 다른 면이 있기는 했다고 나도 기억한다. 62년에 개교한 후 학교가 아직 자리를 잡지 못해 담장도 제대로 없던 시절에 항구 주변에 물건을 주워 팔던 넝마주이가 많았는데, 교실 창문을 두드리거나 지나는 여

선생들에게 해코지를 하는 경우가 더러 있었다.

한번은 교실 문 앞까지 들어와 교실 안을 기웃거리며 여학생에게 장난을 쳤는데, 친근하기만 했던 선생이 소리치며 복도를 내달려와 넝마주이를 걷어찼던 기억이 나에게도 있었다. 다른 넝마주이들까지 달려와 큰 싸움이 될 뻔 했는데, 작은 몸집으로도 어찌나 강단 있게 맞섰는지 넝마를 둘러맨 시커먼 장정들이 양은 집게를 들고서도 선생 앞에 쩔쩔맸던 일화를 나도 알고 있기는 했다.

하지만 그렇다고 물에 빠진 아이를 혼자 몸으로 끌어올려 구해낼 수 있었을까? 물건을 던졌거나, 도움을 청했거나, 아니면 그 아이가 이미 제 힘으로 물가까지 헤엄쳐 나오다가 힘이 빠졌던 건 아닐까?

'추억의 도시락'이란 메뉴를 찾는 손님들이 문을 열고 들어왔고, 여자는 점원의 얼굴로 손님들을 맞았다. 손님을 테이블에 앉히고서, 구멍 속에서 나온 남자가 그랬던 것처럼 나에게 '해룡'이란 사람의 집을 알려주었다.

길을 따라 모퉁이를 돌면 큰 길이 나오는데, 그 길 말고 안쪽 길로 들어서라고 했다. 연화보살 집을 지나 계속 골목을 걷다 보면 다시 큰 길을 가로질러 좁은 길로 들어서는데, 막다른 길이 보인다고 포기하지 말고 끝까지 들어가라고 했다. 그러면 화분들이 문 앞에 '나래비'로 선 집에, 물이 담긴 페트병이 가득한 화분 앞 그 집에, '박해룡'이라는 문패가 보일 거라고 했다. 그 집이 해룡이네 집이라고.

확인해보고 싶다는 생각이 들긴 했다. 거짓인지 진실인지 모를 그 시간 말이다. 나는 언제나 진실을 적기보다 그 반향을 적는 기분이었는데, 그들의 이야기는 어디로 퍼져나갈까 궁금했다. 물에 비친 그림자라든가 메아리라든가, 들었던 건지 보았던 건지 확신할 수 없지만 분명히 나를 불러 세웠던 것들을 나는 항상 적고 싶었다. 이따금 거기에 가 닿지 않고 그걸 넘어섰다는 기분이 들었을 때, 어쩐지 더 안심이 되곤 했다.

그래서 나는 실패한 작가일 수밖에 없는지 모르지만, 모두가 가리킨 곳으로부터 멀리 떨어진 내 글이, 그런 글을 쓰는 일이 참 좋았다. 할 일을 했구나 싶었다.

이제 나는 진짜 해룡이란 사람의 집을 찾아가고 있었다. 그녀가 말했던 명태 선생에 관한 이야기는 믿을 수 없었고 내가 선생 댁에 가려던 게 아니란 걸 나는 알고 있지만, 그래도 해룡이란 사람을 만나보고 싶었다. 그가 또 명태 선생에 관해 어떤 이야기를 할지 궁금했다. 사실인지 아닌지 확인하려는 건 아니었다. 모두들 그렇게 불안을 떨쳐버렸고, 안심했고, 살아남아 여기까지 왔다는 걸 알게 되면 좋을 것 같았다.

길 없이 헤매기만 하던 발끝에 힘이 들어갔다. 그녀가 말해준 길은 큰 길이 아니라 그 너머에 꼬인 또 다른 길이었다. 연화보살 집의 대나무 깃발마저 표식 같았다. 막다른 길은 어찌나 많은지, 나무 화분들은 왜 다들 그렇게 내어놓고 사는 건지. 눈앞에 보이지 않아도 곁에 없어도 어떻게든 너를 살리겠다는 마음인지.

고개를 드니 한낮의 햇살이 스치듯 벽을 타고 넘어가는 게 보였다. 앞집 지붕의 뾰족한 그림자가 붉은 벽돌집 흰 줄눈에 가 닿았다는 걸 알게 된 순간, 벽돌의 개수를 세고 싶어졌다. 그 시간의 숫자들을 더하고 그 벽돌의 개수로 나누면, 누구도 밝히지 못했던 비밀스런 숫자가 떠오를 것 같았다. 그러면 나는 그 숫자대로 대문을 세고, 마침내 박해룡이란 사람과 마주칠 수 있지 않을까? 낡았다고 믿었던 마음이 기지개를 켰다. 초량에 돌아와 이렇게 해맑게 웃어본 건 꽤나 오랜만이었다.

혼자만의 지도를 들고서 모험을 떠난 사람처럼, 내 발걸음은 씩씩해졌다. 큰 길을 지나 좁은 골목을 따라 막다른 길을 향해서 나아갔다. 더 많은 흙이 필요했는지 식물들은 이제 커다란 대야 안에 심어져 있었다. 여린 나무 둥치를 빙 둘러 투명한 액체가 가득한 페트병들이 빼곡했다. 온 힘을 다해 짧은 햇살을 튕겨내는 플라스틱병들의 숫자를 세려는데, 다시 또 등

뒤에서 누군가 나를 불렀다.

"어이, 보입시다!"

돌아보니, 내가 건너 온 큰 길에 택시가 한 대 서 있었다.
남자는 유리창 밖으로 상체를 내밀어 내 쪽으로 손을 흔들었다.
이번에는 손가락으로 나를 가리키지 않고, 구멍을 찾지도 않고,
모른다고 하지 않고, 나를 부르는 목소리를 향해 다가갔다.

"희자네서 도시락 먹고 나온 양반 맞지요? 동철이도 만났다
카고…."

그녀가 희자인지는 알 수 없지만, 그가 동철이인지 여전히 나는
모르지만, 도시락을 먹고 온 사람은 내가 맞았다.

"해룡이 지금 집에 없소! 내가 명태 선생 네 태워다 드릴게,
타쇼!"

남자의 얼굴은 네모났고, 주름이 적은 대신 살집이 많았다.
이제 나를 부르는 손길을 따라가는데 불안한 마음은 없었다.
어디까지 가나 갈 데까지 가보고 싶었다. 나는 망설이지 않고
정말 그를 아는 동창이라도 되는 듯이 앞자리에 올라탔다.
　택시는 내려왔던 길을 되돌아 올라가지 않고, 큰 길을 따라
비탈을 계속 내려갔다. 그런데도 나는 왜냐고 묻지 않았다.
불안하지 않았다. 민주공원 쪽으로 방향을 틀어 자동차가 다른
비탈을 오르기 시작했을 때, 나를 이끈 오늘의 이 우연을 꼭 한
편의 소설로 쓰고 싶다고 생각했다.

그가 명태 선생의 원래 별명은 '명태 눈깔 선생'이지 않았냐고
했을 때, 나는 진짜 친구를 대하듯 그를 향해 고갯짓했다. 이

부산 바닥에 명태 눈깔 뽑아 먹고 살지 않았던 사람 없듯이, 여기 초량에 명태 눈깔 먹듯 그 선생에게 신세 지지 않은 사람이 없어 붙여진 별명이 아니냐고 말했을 때, 나는 그와 친한 동창이라도 되는 듯이 큰 소리로 같이 웃었다. 이야기를 듣는 내 반응에 신이 났는지, 그는 자신이 태어나기도 전, 그러니까 명태 선생의 어린 시절 이야기를 해주겠다고 했다. 전쟁이 막 끝났을 무렵 여기 부산역 근처에 큰 불이 났는데, 그래서 방송국이고 신문사고 부산역까지 모두 다 태워버리고 말았다고 했다. 그때 여기 판자 동네 사람들을 구하는 데 한 몫 했던 게 바로 십대 시절의 명태 선생이었다고 그는 말했다. 불길이 부산역까지 번지는 바람에 장정들은 모두 부산역 옆 미군 부대 화약 창고에 불을 끄러 동원됐고, 그 바람에 이 위쪽 판잣집들을 타고 오르는 불길은 여자들과 아이들 몫이었다고 했다. 그런데, 집이고 뭐고 불길에 휩싸여 위태로운 판국에 이제 겨우 열댓 살 먹은 명태 선생이 겁도 없이 불길 속을 뛰어다녔다고 했다. 집집마다 문을 두드리고, 소리를 지르고, 이쪽으로 도망치라고 방향을 가리키고, 어디서 배웠는지 물에 젖은 광목천을 입에 물고서 집 안에 갇혀 떨고 있는 사람들을 구해냈다고 했다. 겁에 질린 언니 오빠들의 뺨을 쳐가며 불길 속을 빠져나가게 했던 게 그 냥반이었다고, 그 화마 속에 명태 선생은 어렸을 때부터 선생 몫을 하고도 남았으니 선생이란 팔자는 입에 물고 태어나는 모양이라고 껄껄댔다.

그러나 나는 이번에도 그의 말을 고스란히 믿을 수는 없었다. 믿지 못해 입을 벌린 나를 향해 남자는 큰 눈을 부풀리며 이렇게 말했다. 당장에 인터넷만 찾아봐도 알 거라고, 그때 얼마나 불이 크게 났는지 그 일대 집들이 삼천 가구 넘게 탔는데, 사상자가 겨우 삼십 명 남짓이었다고, 마을에 불을 끌 사람도 거의 남아있지 않았는데 그 정도면 정말 불행 중 다행인 거라며, 그렇고말고, 고개를 끄덕였다.

내가 태어나기 이전에 영주동에 큰 불이 났었다는 이야기를 들은 적은 있었다. 하지만 그 피해 수치까지는 정확히 기억나지 않아 나는 그가 보는 앞에서 휴대폰을 두드렸다. 1953년 11월 중구 영주동에서 일어난 부산역 대 화재로, 동광동, 중앙동, 대청동 입구까지 태워 삼천백 여 채의 집이 전소되었고, 정말 사상자는 스물아홉 명이었다.

적은 숫자인가? 정확히 가늠할 수는 없었지만, 전쟁 직후였고 소방 시설이랄 것도 없었을 시절에 불쏘시개들로 가득한 마을 여럿을 전부 태운 걸 생각하면 적다면 적은 사상자 숫자인 것 같기는 했다.

그것 보라고 기록에도 나오지 않느냐고 그가 어깨를 부풀렸는데, 나는 광목천 망토라도 두르고서 불길 위를 날아다닌 사춘기 소녀를 떠올려야 할 것 같아 어리둥절할 뿐이었다.

남자는 나를 동남파크 앞에 세워주었다. 택시가 세워진 골목길을 올라가면, 맨 끝 집이 명태 선생 집이라고 했다. 문패는 없는데, 그래도 쉽게 찾을 수 있을 거라고 했다. 그러고는 동철과 희자가 그랬던 것처럼, 이따 밤에 다시 보자고 하고는 사라져 버렸다.

그가 가리킨 골목 역시 가팔랐고, 그 끝에 또 다른 막다른 길이 보였다. 나는 이제 망설이지 않고 그쪽을 향해 걸어 올랐다. 묘기를 하듯 주차된 또 다른 택시를 지나다가 불현듯 명태 선생을 만나면 어디서부터 어떤 말을 해야 할까 생각했다. 그러고 보니 다들 해가 진 후에 온다는 것 같았는데, 혼자만 멀뚱하니 선생과 어색한 자리를 지키고 있어야하는 건 아닌가 어쩐지 내키지 않았다. 애초에 선생을 만나러 온 것도 아니면서, 만나러 온 것처럼 거짓말까지 해야 할 것 같은 생각이 드니 몸이 굳었다. 그동안 어떻게 살았느냐고 물으면 또 어디서부터 어디까지, 어떤 걸 말하고 또 어떤 걸 말하지 못할까?

막다른 길 앞까지 가지 못하고, 문패가 없는 집까지 가지 않고, 그 자리에 섰다. 비탈 때문인지, 기운 몸이란 멀리 보게 되어 있는지, 먼 바다를 보고 있었다. 신선대와 영도를 가로질러 세워진 북항 대교가 보였다. 고향이 아닌 관광지에 온 사람처럼 별 의미 없이 북항 대교를 향해 휴대폰을 들어 사진 한 장을 찍고는 비탈길을 되돌아 내려갔다.

혹시나 선생의 집을 뒤편에서라도 볼 수 있는 방법은 없을까, 그 옆 골목을 다시 올랐다. 뒤쪽으로 골목이 났다고 집의 뒤편이 보이는 건 아니었다. 서로 뒤엉킨 담벼락을 따라가다가, 선생 집 지붕인가 아닌가 엇갈린 지붕들을 세다가, 그 골목을 끝까지 오르고 말았다. 막다른 길인 줄 알았는데, 길을 막은 담벼락과 오른편 담장 모퉁이 사이로 사람 하나가 지나갈 틈이 보였다. 그 사이를 빠져나가니, 또 다른 길이었다. 내리막이었다.

마침 아래에서 올라오는 등산복을 입은 사람을 따라, 더 높은 쪽 골목으로 들어섰다. 선생 집 옥상이라도 끝까지 확인하고 싶은 마음은 아니었다. 북항 대교를 찍는 척 선생 집 쪽의 지붕들까지 담으면서, 한 사람이 겨우 지나갈 만한 좁은 골목을 또 올랐다. 좀 전까지 길은 시멘트 바닥이었는데, 이제는 흙길이었다. 산비탈의 정상까지 가 닿는 마지막 골목인 모양이었다.

골목 위쪽으로도 계단이 있어 집이 있는 줄 알았는데, 아니었다. 집 대신 시멘트 기둥 세 개만 남은 집터가 보였고, 계단으로 이어진 대문 앞자리에 자동차에서 떼어낸 벤치 의자가 북항 쪽으로 놓여 있었다. 의자 위엔 노인 셋이 햇볕을 쬐고 있었다.

나를 관광객으로 봤는지, 그 중에 한 사람이 이리 올라와야 잘 보인다고 했다. 사진 찍는 것도 봤는지, 여기서 찍어야 전부 다 찍을 수 있다고 했다. 그러고는 불쑥 저기 저 아래에 오페라 하우스가 생긴다고 말해주었다. 매번 용호동 문화회관에서 열리는 음악회에 다니곤 했는데, 저 아래에 오페라 하우스가 생기면 죽을 때까지 매일 보러 다닐 수 있어 좋다고 했다.

근사한 오페라를 꼭 한번 내 눈으로 보는 게 소원이었는데, 그 소원을 이룰 수 있게 되었다며 그녀는 주름진 입을 크게 벌려 웃었다.

그러자 귤 하나를 움켜쥔 한 사람이 그게 우리 차례까지 오느냐고 그녀의 옆구리를 쳤다. 오페라가 소원이라던 그녀는 발끈했다. 왜 못 보느냐고, 돈 내고 보면 되는 일 아니냐고, 내가 죽기 전에 무슨 수를 써서라도 꼭 보고 말겠다며 그녀는 작은 입을 오물거렸다.

그러고는 나를 향해 다시 한 번 오페라 하우스가 생기는 자리를 손으로 가리켰다. 북항 쪽이었고, 명태 선생의 집 쪽이기도 했고, 그녀의 오페라 하우스 쪽이었다. 나는 그녀가 가리킨 쪽을 향해 휴대폰 카메라를 들어 사진 몇 장을 더 찍었다.

헌데 왜 다들 밤에 보자고 했던 걸까? 갑자기 서늘한 예감이 덥석 등짝에 올라탔다. 부서진 시멘트 기둥 세 개만 남은 자리엔, 누가 꺾어 놓았는지 모를 나무 한 단이 파란 노끈에 묶여 있었다. 아직도 나무를 때는 집이 있나, 누가 여기다가 이런 걸 꺾어 내려놓고 간 걸까? 볕을 쬐던 세 사람의 것이 아닌 건 분명했다. 그곳은 그저 이웃인 그들의 햇볕을 쬐는 자리였을 뿐, 그들의 손엔 귤 봉지가 들렸을 뿐 집이 없는 집터에 나뭇단 같은 것에는 관심도 없어 보였다.

북항 쪽이자 명태 선생 집 쪽이자 오페라 하우스 쪽을 사진에 담다가, 나는 휴대폰을 돌려 내 모습도 카메라에 담았다. 원래도 어두운 색 옷을 주로 입었지만, 오늘 입은 옷은 검은 코트에 검은 바지 차림이었다. 원래 남색이던 신발마저 닳고 닳아 검어보였다. 그렇게 보자면, 그렇게 보일 수밖에 없는 차림새였다. 그래서 동철이란 사람은 단박에 나를 향해 명태 선생 댁에 가는 길이냐고 물을 수 있었던 걸까?

나는 내달리듯 비탈을 내려갔다. 이제 팔순 중반을 넘겨

구순에 가까워지고 계실 테니 그럴 만도 하겠지만, 그래도 그럴 리 없다고 믿고 싶었다. 그러고 보니 어른이 되어 단 한 번도 선생을 제대로 찾아본 적이 없었다. 선생의 공이 성공해 잘사는 아이들만을 위한 건 아니었을 테니 잘살고 못 살고는 선생을 보지 않을 이유가 아니었다. 못난 꼴을 핑계 삼아 인사 한번 제대로 드리지 못한 지난날들은 오롯이 내 책임이고 내 탓인 게 분명한데, 도대체 뭘 하자고 여태까지? 그깟 글 한 줄 쓰는 일이 그리 대수였나, 지금도 여전히 다람쥐로 사는 건 마찬가지 아닌가? '선생님, 다람쥐 왔습니다!' 그 한 마디면 충분할 것을.

곡예를 하듯 골목 입구에 세워졌던 택시는 어느새 사라지고 없었다. 그림자조차 남아있지 않은 자리는 황량하기 그지없었다. 그래도 나는 고개를 들어 내 앞에 막다른 길을 확인했다. 그 앞에 문패 없는 집이, 명태 선생의 집이 있을 것이다. 더 이상 명태 선생을 만날 수 없는 명태 선생의 집이?

"선생님!"

어떤 문이든 단숨에 열어젖힐 기세로 비탈을 오르려는데, 나를 끌어내리는 또 다른 목소리가 있었다. 젊은 사람이었고, 차분하고 예의바른 말투였다. 그녀는 나를 '선생'이라고 불렀다.

서른은 넘고 아직 마흔은 되지 않았을 것처럼 보이는 그녀는, 자신이 영석 삼촌의 조카라고 했고, 망양로 산복도로 전시관에서 일한다고 했다. 영석 삼촌이 친구분을 잘못 내려주고 왔다며, 자신에게 새로 이사 간 명태 선생 댁에 모셔다 드리라 부탁 받았다고 했다.

그녀가 말한 영석이란 사람이 같이 택시를 타고 왔던 그 사람인지, 그 사람이 동철이와 희자의 동창인 그 사람이 맞는지 나는 여전히 알지 못하지만, 그게 문제가 아니었다. 내가 알아야할 건 따로 있었다.

"선생님은… 명태 선생님은… 어떻게…."

나는 더 묻지 못하고 입술에 침만 발랐다. 끊긴 내 말을 이어준 건 오히려 그녀였다. 내가 듣고 싶은 답은 아니었지만, 그녀는 명태 선생을 잘 알고 있다고, 삼촌과 삼촌 친구 분들한테 들은 이야기만도 여러 권의 역사책이 될 것이라고 했다. 너무 황당하고 믿을 수 없는 일들이 많아 역사책이 아니라 판타지 소설처럼 읽히겠지만, 상관없는 일인지도 모르겠다고 했다. 어차피 기록된 것이란 기록되지 않은 누군가의 삶에 비추면 판타지인 것만 같은 게 아니겠느냐고, 말갛게 웃고 말았다.

그녀는 자신이 들었던 명태 선생에 관한 얘기 중 가장 인상 깊었던 것은, 선생의 비혼 생활이었다고 했다. 평생 가정이나 가족을 꾸리지 않고 홀로였던 명태 선생의 삶을 말할 때마다 삼촌과 친구들은 안타깝고 속상하다고 말했지만, 자신의 삶에 필요한 게 아니라고 결정해 홀로인 삶을 선택한 그녀의 태도가 그렇게 멋져 보일 수 없다고 했다. 삼촌이나 다른 초량 사람들이 말한 명태 선생에 관한 그 어떤 초인 같은 삶보다, 자신에게는 그녀의 그런 태도가 더 놀랍고 굉장해 보였다고 했다.

자신이 보고 들은 바로는, 실제로 명태 선생의 삶도 고독하거나 외로웠을 리 없을 거라고 그녀는 장담했다. 결혼은 하지 않으셨지만 평생 친구나 동료분들과 같이 지내며 삶을 꾸렸고, 명절 때마다 삼촌은 물론이고 친구분들, 또 다른 초량 사람들이 줄을 지어 명태 선생을 찾아간다고 했다.

이따금 특별한 날도 아닌데 친구들과 약속을 잡아 명태 선생 댁에서 자기들끼리 밥을 해먹고 술을 마시고 뜬금없이 명태 선생과 춤을 추기도 하고 번갈아 업어드리기도 하면서, 그렇게 놀다가 각자의 집으로 돌아간다고 했다. 삼촌과 삼촌 친구들에겐 명태 선생 댁이 술집이었고, 식당이었고, 다방이었고, 평생의 운동장 같은 곳이었던 모양이라고, 자신도 주변에 그렇게 마음 풀어헤치고 쉴 곳이 있으면 너무 좋을 것 같다며 아이처럼 웃었다.

명태 선생이 자신만의 가족을 만들었다면 그런 일은 불가능하지 않았겠느냐며, 자신이 들은 명태 선생에 관한 그 모든 판타지 같은 이야기들 중에 단연 그게 가장 놀라운 것이었다고 했다.

“아, 저요? 큭… 결혼했어요, 저는. 딸 하나, 아들 하나… 둘입니다아아.”

그녀는 자신을 가만히 보고 있던 내가 결혼에 관해 묻는다고 생각한 모양이었다. 수줍게 손가락 두 개를 펴서 나에게 보여주더니, 말간 눈으로 이렇게 덧붙였다.

“하지만 제 아이들한테는 명태 선생님에 관한 이야기를 자주 해 주려고요. 제가 그 아이들 인생에 해답을 줄 순 없겠지만… 그 해답이 하나가 아니라 여러 개일 수도 있다는 걸 알려주면, 뭐… 좋은 거 아니겠어요?”

그녀는 금수사 입구를 지나 경희 아파트 쪽 비탈로 나를 이끌었다. 번호가 붙은 붉은 색 건물들을 여러 개 지나, 택배 트럭을 지나, 비탈을 내려가 그 끝에 멈춰 섰다. 그리고 벽에 나무판자를 빙 두른 주택 건물을 가리키며, 여기가 명태 선생이 새로 이사한 집이라고 했다. 그녀는 동철이나, 희자나, 영석과는 달리 오늘 밤에 보자는 말도 없이 돌아섰는데, 나라도 손을 들어 오늘 밤에 보자고 하고 싶었다.

판자 끝을 동그랗게 깎아 대문을 만든 집 안쪽은 적막했다. 고요함은 외로움이 아닌가, 누군가의 고독을 지켜주는 것 역시 돌봄인가? 나는 한평생 고독하거나 외롭지 않았다는 명태 선생의 삶을 대문 너머에서 기웃거렸다. 다행히 한자가 적힌 등 같은 건 보이지 않았다. 그렇다고 안심이 되진 않았다. 남들과는 다르게 해석한 삶을 살았던 그녀라면, 그깟 등 하나가 생을 따라 점멸되게 내버려두지 않았을 것 같았다.

다람쥐가 왔다고 소리쳐야 하는데, 입 속에서 혀가 말렸다. 할 수 있는 말이 있든 없든, 볼 수 있는 생이 있든 없든 일단 대문을 들어서야 했는데, 발이 떨어지지 않았다. 분명 내 것이라고 믿었던 좀 전의 조급함은 얇은 대문 앞에 가로막혀 꼼짝도 하지 못했다.

나는 비탈에서 내려오는 택배 트럭을 피하느라 물러서다가, 두리발 차량에게 길을 내어주다가, 대문으로부터 멀어졌다. 대문 옆에 헌옷 수거함을 표지석 삼아 그쪽으로 다가서려다가, 딸 하나 아들 하나라는 그녀가 사라진 비탈만 올려 보았다. 이름이라도 물어볼걸, 지금이라도 늦지 않았으니 좇아 올라가 명함이라도 달라고 해볼까? 나는 꼭 그래야 하는 사람처럼, 반드시 그 일이 내게 필요한 것처럼, 사라진 그녀를 향해 뛰어갔다. 좀 전에 내려왔던 똑같은 그 비탈을 나는 다시 오르고 있었다.

그러나 나는 금수사 입구에서, 금수슈퍼 너머로 건너가지 못했다. 왔던 길을 되돌아가려면 그쪽으로 건너야 하는데, 몸이 움직이지 않았다. 산허리를 돌아가는 산복도로 모퉁이에 막 화신 아파트 앞을 지나는 그녀의 뒷모습이 보였지만, 더 빨리 따라가지도 목소리를 높여 부르지도 못했다. 시시각각 멀어지는 그녀를 보고 있으니, 나는 분명 멈춰 있는데 자꾸만 뒤로 떠밀리는 것 같았다.

엉뚱하게도 나는 금수사 계단을 뛰어올랐다. 더 높이 도망치고 싶은 마음이었다. 숲 속에 금빛으로 반짝이는 원효 대사의 동상이 보이자 그제야 내가 선 자리가 어딘지 알 수 있었다. 구봉산 비탈 끝자락이었다. 내가 태어난 곳이었고, 나를 만든 시간이 뒤엉킨 곳이었다. 우리 집 근처에도 절이 많았지, 월봉사 호법문 기둥에 그림을 그렸다가 스님 아재에게 야단을 맞기도 했지, 사월 초파일이면 물결처럼 우리 집 마당까지 넘나들던 연등의 꽃 같은 불빛들, 불빛들.

숲 속에 금빛으로 우뚝 선 동상에 붙들린 채 섰다가, 나는 다시 계단을 돌아 내려왔다. 어떤 기도라도 해야 할 것 같은 마음을 물리치고 싶었다. 아무 일도 없었던 하루였고, 아무 것도 아닌 하루였다. 모른 척 돌아서면 남의 일, 그런 시절이 내 쪽으로 쌓였으니 그렇게 굴러 내리면 그 뿐.

나는 그녀가 사라진 화신 아파트 쪽을 올려 보지 않으려고 애쓰면서, 명태 선생의 집 쪽을 피해서, 언덕 아래로 구르듯 내달렸다. 오르막이 아니라면 괜찮았다, 내리막이라면 어디라도 상관없었다. 어느새 여기에 초등학교가 생겼나, 요즘의 집들은 왜 모두 치솟기만 하는 건가, 구봉 성당은 왜 또 이토록 휘황찬란해지고 말았나? 나는 깎여나간 자리들을 돌아보다가 명산 상회 앞에서 붙들려 섰다. 사라지거나 뒤덮이지 않고 남은 자리는 그곳뿐이었다. 사라진 게 나쁜가, 뒤덮였다고 모두 부끄러움인가? 꼬이고 꼬인 마음들을 도저히 풀 수 없어 나는 제자리만 맴돌았다. 내던지고 돌아서면 되는데, 바다나 보러가자고, 땅이 된 초량천을 내달리면 되는 일인데. 바다 앞에 입을 벌려 환하게 웃고, '내일도 놀아야지!' 신이 나서 다시 또 비탈을 뛰어 올라 내 집으로 돌아가면 그뿐인데.

"어이, 항도! 맞지요, 항도 국민학교?"

내 이름을 부르지 않았지만, 그가 찾는 게 나라는 걸 알 수 있었다.

"명태 선생 네 올라가는 길이요? 단톡방에 아들이 거 사진 올렸던데… 내가 해룡이요, 박해룡이."

초량천이었던 길 한 복판에 서서, 그는 자신이 박해룡이라고 말했다. 은테 안경을 쓴 충혈된 두 눈에, 은단 냄새를 풍기는 그 얼굴을 나는 여전히 모른다. 그는 동철이 이야기를 했고 희자와 영석에 관해 말했지만, 나는 고개를 끄덕이지 못했다. 그래도 상관없었다. 가자고 말하는 그의 손길을 따라 몸을 일으켰고, 정신없이 내려오기만 했던 그 길을, 그 비탈을, 나는 다시 오르기 시작했다.

해룡은 두드리지도 않고 대문을 열었다. 툇마루에 나와 앉아 그를 맞이한 사람은, 작았고, 작아졌고, 쪼그라든 채였다. 그런데도 해룡은 그 사람을 끌어안지 않고, 작은 품속으로 제 커다란 몸을 구겨 넣었다. 틀니를 뺐는지 치아 없는 주름진 입이 커다랗게 벌어졌고, 해룡은 그 사람의 귀에 대고 나에 관해 열심히 설명했다. 나는 해룡을 모르니 그 역시 나를 모를 텐데, 그에게 나는 이미 아는 사람인 모양이었다.

어느덧 그녀는 깜빡깜빡 생의 비탈에 섰는지, 해룡은 했던 말을 다시 한 번 하고 더 크게 해주었다. 그러고도 선생의 작은 얼굴은 엇갈려 끄덕거렸다.

'다람쥐가 왔어요, 선생님!'이라고 말해야 하는 걸 아는데, 입술만 떨렸다. 머리칼은 또 왜 그렇게 짧게 자르신 건지, 봄날 같던 그 시절을 읽으려고 주름진 그 얼굴을 읽는다. 손을 끌어 잡는데, 선생은 기우뚱기우뚱 쪼그려 앉은 몸을 돌렸다. 굽은 등을 내 앞에 보이고는 주름진 손으로 당신의 어깨를 툭툭 쳤다.

"업어주신다는 갑다, 업혀라 니. 업히는 시늉이라도 해라."

나는 들었던 짐을 내려놓고, 선생의 등에 가만히 얼굴을 붙였다. 기울어진 그녀의 목덜미를 끌어안았다. 내 한쪽 볼 너머에서 미약한 안간힘이 느껴졌다. 그 안간힘이 무너지지 않도록 나는 선생의 어깨 아래로 팔을 밀어 넣었다. 밀어 넣은 팔로, 그의 허벅지를 잡고, 그녀의 작은 몸을 들고, 선생의 안간힘을 따라 그 몸과 같이 내 몸을 일으켰다. 선생은 나를 업는 몸인 채로, 내 품에 안겨 있었다. 나는 선생의 몸이었고, 우린 어디로든 같이 오르거나 내릴 수 있는 몸이었다. 어떤 비탈이든 문제없었다.

곧이어 동철과 영석이 도착했고, 번갈아가며 선생을 업고서 마당을 한 바퀴 돌았다. 해룡이 내가 선생에게 업힌 채로 선생을 들어 올린 방법을 말해주자, 자기들도 해보겠다고 옥신각신하다가 선생과 같이 나뒹굴었다.

희자가 음식이 든 비닐봉지를 들고 대문에 들어섰고, 해룡과 영석에게 미군부대 저유창 너머 저수지 이야기를 물었고, 두 사람의 대답은 다시 어긋났다. 믿을 수 없기는 희자가 했던 이야기와 크게 다르지 않았다.

선생을 곁에 두고서 아무렇게나 원하는 구석에 걸터앉아, 그들은 각자의 옛날이야기를 쏟아냈다. 하나같이 믿을 수 없는 이야기들이었고, 거짓말하지 말라고 자기들끼리 손가락질을 해놓고는, 덧붙인 말도 믿을 수 없긴 마찬가지였다.

뒤이어 또 다른 사람들이 아이들과 같이 들어왔는데, 익숙한 듯 아이들은 선생의 품에 안기고 무릎에 앉았다. 이번에는 희자가 그들에게 나를 소개했고, 도시락 먹는 법을 잊어버린 나에 관해 말했고, 다시 서로 다른 방법으로 도시락 먹는 법을 말하다가, 옥신각신하고 그거 아니라고 타박했다. 그러고는 해룡이 어렸을 때 학교에 누가 달걀에 묻혀 소시지마냥 뱀을 토막 내 싸왔다는 이야기를 했는데, 친구들은 이 새끼 뻥을 쳐도 어지간해야 하는 게 아니냐고 손가락질하며 놀렸고, 명태 선생은 하악하악 소리 없이 함박 웃었다.

아예 몸을 운신하기 힘드신 줄 알았는데, 영석이 노래 한 곡을 틀고 선생의 손을 이끌자, 그녀의 접혔던 몸이 일어섰다. 작아지거나 쪼그라든 줄 알았는데, 아니었다. 선생은 정확히 그 시절의 춤사위를 기억하고 있었고, 지금의 노랫가락에 그 시절의 춤사위를 박자마다 맞춰 실었다. 느리고 미약한 흔들림의 춤사위여서, 그토록 세심하고 정확한 춤사위라서, 그래서 더 아름다웠다. 감히 우리들 중 그 누구도 따라할 수 없는, 판타지 같은 춤이었다.

싸우러 나갔다는 그 여자를, 나는 다시 한번 만났다. 서른이거나 마흔처럼 보였던 그녀는 지금 보니 이십 대이거나 십대인 것 같기도 했다. 곧 열릴 문을 응시하는 그녀의 눈빛은, 이미 해답을 알고 있는 사람이었다. 나는 처음으로 그녀에게 '안녕하세요.'말고, 다른 말을 하고 싶어졌다. 나는 '소설을 쓴다'고 말하고 싶어, 그 말밖에는 할 수 있는 말이 없는 몸이란 걸 알면서도 끝내 그 말만큼은 해버리고 싶어, 입이 들썩였다.

경고등 같은 숫자는 일정한 속도로 집요하게 곤두박질쳤고, 싸우는 그녀는 전진하듯 열린 문 밖으로 나아갔다. 나는 '소설을 쓴다'는 말을 알약처럼 어금니 사이에 꽉 문 채, '닫힘' 버튼을 여러 번 눌렀다. 문은 닫히지 않았다.

그날 만난 명태 선생이 내 기억 속 단발머리 선생과 다른 사람이었단 건, 다시 또 며칠이 지나서야 알게 되었다. 유일하게 연락을 하며 지내는 구봉사 근처에 살았던 친구는, 그 선생의 이름은 '은정'이 아니라 '은경'이었다고 했다. 동철도, 희자도, 영석이나 해룡이도, 어쩌면 우린 단 한번도 얼굴을 본 적 없던 다른 시간 다른 곳에 머물렀던 다른 사람이었는지도 몰랐다. 내가 다녔던 학교가 항도 국민학교가 맞나, 그럴 리 없다고 믿으면서도 나는 내 기억을 이리저리 들춰야 했다. 들추면 들출수록 여기 내가 선 자리만큼 명확한 진실은 어디에도 없었다.

그런데도 나는 해룡이가 초대해준 온라인 단체 대화방에서 나오지 않았다. 나는 그들의 명태 선생을 전혀 알지 못한다는 것 역시 그들에게 말하지 않았다. 방이 아닌 방 속에서 얼굴을 알 수 없는 사람들은, 어쩌면 전혀 모르는 사람들인 우리는, 계속해서 명태 선생 이야기를 했고, 초량 이야기를 했고,

화신이라던가, 초원이라던가, 경희라던가, 원효라는 이름의 누군가를 초대해 다시 약속을 잡았다. 그러면 나도 물론 같이 가겠다고 대답했고, 결코 잊지 않고, 두려워하거나 모른다고 하지 않고, 언제든 몇 번이든 그들과 같이 갈 것이다. 그들을 만나 또 다른 비탈을 오르내릴 것이다.

그리고 나는 그날의 다짐처럼 나를 이끌었던 그 거짓들에 관해, 소설을 쓰기 시작했다. 그 시작은 이랬다.

'나를 키웠던 초량의 우물가에는 누가 가져다 놓았는지 알 수 없는, 사다리가 하나 있었다. 그 사다리는 누구의 것도 아니었고 누구의 것이기도 했고, 누구든 마음대로 오르거나 내릴 수 있는 사람의 비탈이었다.'

김비

2007년 여성동아 장편소설 공모에 소설 『플라스틱 여인』이 당선되어 등단했다. 장편소설 『빠쓰 정류장』, 『붉은 등, 닫힌 문, 출구 없음』, 에세이 『네 머리에 꽃을 달아라』, 『별것도 아닌데 예뻐서』, 『제주 사는 우리 엄마 복희씨』, 『슬플 땐 둘이서 양산을』 등이 있다. '행동하는 성소수자 인권 연대' 웹진에 장편소설 〈우리의 우울에 입맞춤〉을 연재했으며, 웹진 '젠더 어펙트'에 소설 〈강철과 이슬의 집 1〉을 연재했다. 2020년부터 지금까지 〈한겨레〉 토요판에 '달려라 오십호好'를 연재 중이다.

익숙한 도시를 모르는 곳으로, 또
낯선 도시를 친숙한 곳으로 만드는
밤. 도시 안팎의 경계는 흐려지고
고향은 고향이었던 곳이 되며 고향이
아닌 곳은 고향이 아니었던 곳이
된다.

마치 당신 같은 신

박서련

그 사람 고향이 남쪽이랬지.

P는 라디오에서 흘러나오는 곡조를 제법 구성지게 따라했다. 첫 소절을 부르고는 입을 다문 걸 보니 다음 부분은 모르는 모양이었다.

"채널 좀 돌려주라."

머쓱했는지 P는 그렇게 청했다. 버튼을 누르자 노래가 멎고 부드럽고 차분한 여성 진행자의 멘트가 흘러나왔다. ……알고 보면 나 또한, 어떤 사람에게는 그런 존재일지도 모르겠다는 생각이 들었습니다……

"계속 들으면 졸리겠다. 다른 거."

채널을 돌리니 드디어 댄스곡이었다. P는 이거지! 하고 어깨춤을 추기 시작했다. 선배, 고속도로에서 그러지 좀 마요, 핸들 잡은 사람이 그러면 엄청 불안하다고요. 내 말에도 한동안 P는 주접을 떨었다. 속도계 바늘도 100과 120 사이에서 진동하고 있었다. 나는 괜히 불안해져서 뒷좌석을 돌아보았다. 대학생 스태프들은 둘 다 미간을 찌푸린 채 잠들어 있었다. 집합 시간이 오전 여섯 시였으니 무리도 아니지. 자세를 고쳐 다시 똑바로 앉자 P가 묻는 건지 그저 말하는 건지 헷갈리는 어조로 말했다.

"고향이 남쪽이랬지."

네? 하면서 라디오 볼륨을 조금 줄이자 P는 다시 말했다.

"너 말이야."

"왜요."

"어릴 때 그쪽 살았다고 하지 않았나? 오늘 출장지."

그런 걸 다 기억하네. 따로 말한 적 없고, 내 이력서를 본 것도 여러 해 전일 텐데.

"송대관은 호남 사람 아니에요?"

나는 말을 돌렸다. P는 바뀐 화제를 따라왔다. 그렇게까지 궁금한 건 아니었다는 듯이.

"그랬나?"

"네, 맨날 태진아랑 같이 나와서 태진아는 영남 말씨 쓰고 송대관은 호남 말씨 쓰면서 옥신각신하잖아요."

"지역감정 캐릭터들이었어?"

"둘이 친하다던데요."

노래가 끝났다. 진행자 멘트가 나올 줄 알았는데 다른 댄스곡이 나오기 시작했다. 이런 채널도 있나. 나는 라디오 소리를 조금 더 줄였다.

"그런데요."

"뭐?"

"생각해 보니까 만약에 송대관이 그 노래 가사의 화자라면 호남 사람더러 막연히 고향이 남쪽이랬지 하지는 않을 것 같아서요. 호남 쪽은 자기가 대충 다 알 테니까."

"그러면?"

"자기가 잘 모르는 지역 이름이 나왔으니까 어렴풋하게 남쪽으로만 기억하는 거 아닐까 해서요. 그러면 그 사람 고향은 아마 영남이겠죠."

P는 갑자기 웃었다.

“야, 작가는 작가다. 그게 그렇게 되나.”

적당히 잘 넘긴 거겠지. P는 가요나 요즘 개봉한 영화에 대해 내가 늘어놓는 궤변이나 음모론을 좋아했다. 나도 P가 내 말을 잠자코 듣다 웃는 순간들이 싫지 않았다. 멀고 지루한 출장길을 그럭저럭 견딜 만한 것으로 만들어 주는 작은 유희.

“어디로 갔을까요?”

“뭐가?”

“그 다음 가사가 그렇잖아요. 서울을 떠났는지, 어쩌구…….”

“아, 그랬지.”

P는 뺨을 벅벅 긁었다.

“고향으로 가지 않았을까?”

“그게 또 그렇게 되나요.”

“응, 가사가 그랬던 것 같기도 하고.”

채널을 돌려 정말 그런 가사였는지 확인하고 싶었으나 그 노래는 이미 끝난 지 오래일 것이었다. 서울을 떠나 고향으로 가는 사람. 남쪽으로 가는 사람. 잘 기억나지 않는 나머지 가사를 곱씹다보니 평범한 문장이 되어가고 있었다. 그러고 보면 P는 정곡을 찌른 셈이었다. 잠깐 일 때문에 가는 것이라곤 해도 틀림없었으니까, 내가 고향으로 향하고 있다는 사실만은.

“고향 얘기 싫어해?”

P가 물었다. 또 정곡이었다. 내가 대답을 망설이자 P는 알아서 결론을 내렸다.

“한번을 안 해주더라, 고향 얘기는.”

그냥 잘 모른다고 할까. 기억이 안 난다고. 싫다고도 좋다고도 할 수 없었다. 이제는 마흔이 다 되었고 고향을 떠나서 산 시간이 고향에서 산 시간을 추월한 지도 몇 년인데, 지금 그립지 않다면 평생 그립지 않겠지…… 그런 어렴풋한 생각이 전부였다.

"좀 잘래?"

그래야겠어요, 대꾸하며 창 쪽으로 고개를 돌렸다. 자라던 건 그냥 해본 말이었다는 듯 P는 라디오 볼륨을 올렸다. 소음에도 불구하고 눈이 감겼다. 계기판을 보지 않고도 속도가 올라가고 있음을 느낄 수 있었다.

깨어나자 시내였다.

장거리 운전자의 조수석에 앉아 푹 자 버린 것이 미안해 P를 쳐다보았는데 차창 가득 햇빛이 들어와 모자를 쓴 P의 얼굴에는 깊은 그늘이 져 있었고 그래서 표정을 읽을 수 없었다.

"이따 피곤할 텐데 눈 더 붙여두지."

P가 말했지만 나는 고개를 저었다. 뒷좌석 스태프들도 말이 없을 뿐 이미 깨어있는 기색이었다. 침이라도 흐른 게 아닌지 입가를 문질러 보는 사이 차가 급정거했다. 다소 무리하게 차선을 변경하려다 뒷차에 옆구리를 받힐 뻔한 것이었다. 입을 벌리고 있던 덕에 혀를 깨물지 않았다. 조수석에 거의 닿을 듯 다가온 뒷차는 경적을 요란하게 울렸다. P는 곤란한 듯 뒷목을 긁적이고 운전대를 크게 돌렸다.

"미안하다. 아까 지나친 것 같은데 병원 주차장 입구를 못 찾겠어."

"이 병원, 주차장이 둘이에요. 지상 주차장으로 가는 게 편할 거예요. 지하 주차장 들어가려면 골목으로 가야 하는데 그게 좀 복잡해서."

"잘 아네."

그러게, 잘 아네. 나로서도 신기했다. 주차 같은 건 신경도 안 쓰던 어릴 때 두어 번 와 본 게 전부인데, 그런 게 기억이 나다니.

"오늘 촬영 잘 되려나 봐요. 액땜했네요."

뒤에 탄 대학생 스태프 하나가 말했다. 그런가 하고 P가 웃었다.

P와 스태프들이 촬영 장비를 옮길 동안 수납 데스크에서 방문증을 수령하고 병실에 가 제일 먼저 출연 예정자와 만나는 것은 내 일이었다. 병원 원무과장과 명함을 주고 받은 뒤 P에게 메시지로 병실 번호를 보내둔 다음 혼자 엘리베이터를 탔다. 늘 해 오던 일인데 영 내키지 않았다. 느리디느린 엘리베이터가 멈추고 문이 열리고 복도에 발을 내딛자 가슴이 답답해졌다. 그냥 이번 건은 빠진다고 할 걸 괜히 따라나선걸까. 서울에서 진작 끝냈던 고민이 병실 앞에서 다시 떠올랐다.

"들어가겠습니다."

심호흡하고, 문을 두드리고, 열었다. 고요했다. 3인실이지만 침상 두 개는 비어 있었고 창 바로 옆에 놓인 침상은 커튼을 둘러쳐놓은 채였다. 그럴 필요 없는데도 부러 발소리를 죽여 다가간 다음 커튼을 조금 걷고 들어가 보니 출연 예정자는 자고 있었다.

깨워야겠지……

살그머니 침상 발치에서 가로변으로 돌아가는 사이 문이 벌컥 열리는 소리가 났다. 저벅저벅 걸어오더니 커튼을 확 걷은 방문객은 다름 아닌 P였다.

"어, 주무시네."

차 안에서 한참 큰 소리로 음악을 듣던 탓인지 안 그래도 목소리가 우렁찬 P가 평소보다 더욱 큰 소리로 말했다. 이윽고 촬영 장비를 들고 따라 들어온 스태프들 때문에 쥐죽은 듯 고요하던 병실은 금세 시끌벅적해졌다. 소란 통에 출연 예정자가 끔뻑끔뻑 눈을 떴다.

"누구세요?"

두 번째와 세 번째 음절의 억양이 높은 말씨로 출연 예정자는 물었다. 아! 하면서 P가 바지 주머니를 뒤져 명함을 찾는 사이 출연 예정자는 침상 옆 창틀을 붙들고 몸을 일으켜 앉았다.

"아, 서울에서 촬영하러 오신댔지……"

명함을 받아 든 출연 예정자는 곰곰이 생각하는 듯하더니 말했다.

"근데 저 안할랍니다."

"예?"

P를 비롯한 팀원들은 혼비백산했다. 같은 촬영을 위해 왔으면서도 나는 출연 예정자가 서울말 어미를 쓰려 노력하고 있다는 사실만을 의식했다. 그가 던진 폭탄선언이 그저 남의 일인 것마냥.

"생각해보니까 쪽팔리데요. 아픈 게 머 자랑이라고. 이 몰골로 방송은 무슨."

P는 애꿎은 대학생 스태프의 옆구리를 찔렀다.

"너 연락 제대로 드린 거 맞아?"

"드렸어요. 출연 제안서도 보내드리고 참고하시라고 작년 방영 에피소드 링크도 보내드리고 방송 모금으로 출연료 겸해서 병원비 드린다고 다 말씀드리고 했어요. 좋다고 하셨구요."

"엄한 아 잡지 마이소, 마세요. 그냥 제 맘이 변한 깁니다."

출연 거부 의사를 돌려세울 길은 없었다. 이 사람은 우리 프로 출연을 거절하는 첫 사례가 아니었다. 우리 팀이 찍는 프로그램은 딱히 예술도 아니고 교양적이지도 않으며 희귀병을 앓는 출연자를 구경거리로 만들 위험성이 크다는 사실은, 프로그램 구성대본을 쓰는 내가 제일 잘 알았다. 그런 맥락에서 출연 제안이 수락되는 확률이 채 절반도 되지 못한다는 사실이 전혀 이상할 것 없었다. 하지만 적어도, 한번 출연을 수락한 사람이 마음을 바꾼 케이스는, 하물며 촬영 날 그런 날벼락 같은 선언을 한 경우는 내가 일하는 동안 한번도 없었다. 그건 숙고 끝에 출연을 결정한 이들에게 이 기회가 간절하다는 의미였다. 치료비를 구하고 본인이 앓는 희귀병에 대해 알릴 수 있는 기회.

P의 눈이 나를 향했다. 어떻게 좀 해 봐. 그나마 네가 말빨이 좀 되잖아. 그런 의미일 터였다. 나는 마음껏 한숨도 내쉬지 못하고 입을 뗐다.

"다시 한 번만 생각해주시면 안 될까요? 저희 팀, 새벽에 출발해서 다섯 시간 가까이 달려서 왔는데……"

말하면서도 내가 바보처럼 느껴져 눈을 질끈 감고 싶었다. 희귀병 환자 앞에서 시간 타령같은 게 의미가 있을까. 달리 떠오르는 핑계가 없어 꺼낸 말에 상대방은 별안간 웃음을 터뜨렸다.

"내한테 말 높이지 마라."

의아한 듯 나와 출연 예정자를 번갈아 보는 P의 눈길이 느껴졌다. 올 것이 왔다. 여전히 눈을 감지 못한 채로 나는 그런 생각을 했다.

"언니 내 알제."

알고 말고.

아니길 바랐지만, 동명이인이길 바랐지만, 나를 몰라보길 바랐지만. 출연 예정자는 짓궂게 눈을 구부려 웃으며 또 말했다.

"내 한동진이 동생이잖아. 한동희. 모른다카지 마라. 섭섭하다."

아프다는 얘기는 한참 전에 들었다. 곧 죽을 것처럼 아픈데 원인을 몰라서 서울에도 병원을 바꿔가며 여러 번 왔다 가고 와병 수년 차에야 겨우 병명을 알았다는 이야기. 그 병은 한국에는 환자가 세 명뿐인 희귀병이라는 이야기. 희귀병 환자를 찾아 전국 방방곡곡을 떠도는 일을 하는데도 그 이야기는 영 실화라고 느낄 수 없었다. 더군다나 그 이야기를 내가 만드는 프로그램에서 다루게 될 줄은.

한동희와 나 사이가 그랬다. 고향을 떠나기 전까지 내내 같은 학교에 다녔고 서로 존재를 분명히 알았으며 중학교 때 잠깐은 같은 부에서 활동하기까지 했지만 늘 뚜렷한 거리감이 있었다. 친척이나 동창들이 사이에 있다 보니 나이 먹어서도 소식이 드문드문 이어졌지만, 어려서는 서로 알은체하며 인사를 나누는 사이조차 아니었다.

말하자면 한동희에게 느끼는 거리감은 고향에 대한 그것과도 같다고 할 수 있었다. 모르냐고 하면 그건 아니지만, 가깝냐고 하면 글쎄요…… 할 수밖에 없는. 신경이 쓰이냐 하면 아닌 게 아닌 것도 같고, 가슴이 아프냐고 하면 그렇지도 않다고 하면서도 고개를 갸웃할 법은 한.

“표정들 푸이소. 장난이었습니다.”

장난?

“진이 언니야가 내 모른체해서 섭섭해서 그랬습니다. 찍을게요, 다큐.”

불현듯 소름이 돋았다. 한동희에게서 한번도 들어본 적 없는 호칭 때문이었다. 언니야라고, 그것도 이름 끝 글자만 떼서 애교스럽게 부를 만큼 가까운 사이는 단연코 아니었다.

“짓궂으시네. 놀랐잖아요. 야, 넌 왜 진작에 아는 사이라고 말을 안 해 가지고.”

P가 말했다. 틀린 지적은 아니었다. 아는 사이인데 안다고 말하지 않은 것. 그렇지만 화살이 나에게 돌아오자 나야말로 억울하고 섭섭해졌다. 안다고 굳이 말을 안 했을 뿐, 모른다고 거짓말한 적도 없는데. 하지만 출연자는 대개 몸이 아픈 만큼 정신도 취약해져 있기에 출연자를 타박하는 일만큼은 절대 금물이었다.

“언니야 방송국 다닌다고 작가님 됐다고 할마시가 그래 자랑을 했는데. 대본에도 언니야 이름 떡하이 드가있드마 연락 한번 하기가 그래 싫더나.”

정정해야 할 것이 한두 가지가 아니었다. 내가 다니는 회사는 방송국이 아니라 방송국으로부터 외주를 받는 프로덕션이고 구성대본을 쓰는 것은 사실이지만 공식적인 직함은 조연출, P와 같은 PD였으며, 무엇보다 나와 한동희는 살면서 단 한번도 연락이랄 것을 주고받은 적이 없었다. 몇 번을 생각해도 그럴 만한 사이가 아니었다. 내가 그랬듯 동명이인이려니 생각하고 넘어갈 수는 없었을까. 이유는 도무지 알 수 없지만 내가 오기를 벼르며 기다렸다는 말로 해석할 수밖에 없었다.

"자자, 그럼 모처럼 만났으니까 오늘 촬영 화기애애하게 한번 해봐요. 어차피 방송은 주로 내레이션으로 진행하니까 동희 씨는 그냥 평소대로 계시면 되거든요. 편하게 계세요 편하게."

P는 눈치가 없는 것인지 일부러 모르는 체하는 것인지 헷갈릴 만큼 너스레를 떨었다. 대학생 스태프들이 나와 한동희의 눈치를 번갈아가며 보고 있었다. 그래, 일을 하러 왔으니 일을 해야지…… 어안이 벙벙한 채로 프레임 바깥으로 걸어나가 P의 뒤에 섰다.

"카메라 돌아갑니다. 그냥 편하게 하세요. 진짜 편하게. 아셨죠?"

방송 출연을 의식하는 일반인들은 대개 뻣뻣하게 굳어 삼십 분에서 한 시간 정도는 쓸모 있는 테이크를 주지 못한다. 그걸 잘 아는 P는 무조건 편하게, 편하게를 강조했는데, 한동희는 카메라를 똑바로 쳐다보며 물었다.

"식사는 하셨습니까?"

"아, 그렇지. 열두 시네요. 너, 나가서 김밥 같은 거라도 좀 사와라."

허둥지둥 법인카드를 찾으며 P가 말했다.

"선배, 제가 갔다 올게요."

내 말에 손부터 내밀면서 다가오던 스태프가 멈칫 했다.

"너는 나랑 있어야지."

P는 돌연 정색을 했다. 아기 돌 사진을 찍는 사진사처럼 한동희를 향해 내내 웃다 그런 것이어서 서먹한 기분이 들었다.

"그래도 제가 아는 동네잖아요. 요깃거리 산다고 헤매다 길이라도 잃으면 어째요."

"애도 아니고, 어딜 가나 처음 다녀보는 동네인데 무슨."

투덜거리면서도 P는 지갑을 찾던 손을 멈추었다. 금방

올게요, 하며 나섰지만 나도 자신은 없었다. 그저 잠깐이라도 병실을 떠나 있고 싶을 따름이었다. 잠시라도 한동희의 눈길을 피할 수 있다면 그걸로 좋았다.

함께 내려온 사람들은 모두 나를 등지고 서 있었지만 한동희는 그들과 마주보며 앉아 있었기에 문이 닫힐 때까지 한동희의 시선은 내 뒤통수에 머물러 있었을 것이다. 나는 그 사실을 의식하며 문을 닫았다. 간호사들이 환자식을 담은 카트를 밀며 지나가고 있었다.

어릴 때 살던 집은 병원과 거리가 있었지만 중학교는 근처였다. 버스를 타면 십분 내외지만 걸어서는 삼십분이 넘게 걸리던 등굣길. 병원 앞길에는 편의점 말고는 간단한 요깃거리를 살 만한 곳이 눈에 띄지 않아 학교 앞으로 갔다. 떡볶이, 순대, 김밥 등을 팔던 학교 앞 분식집에 대한 기억이 막연하나마 있어서였다.

족히 이십년이 흘렀음에도 모든 것이 그대로이길 바라는 순진한 마음 같은 것은 없었는데, 막상 내가 기억하는 그 자리에 분식집 대신 팬시 문구점이 들어서 있는 것을 보니 비웃음을 당한 듯한 모욕감이 들었다. 어쩐지 화닥화닥 달아오르는 얼굴을 만지며 길 건너에 자리한 프랜차이즈 분식집에서 김밥을 주문했다. 김밥을 마는 아주머니에게 건너편에 있던 짱구분식을 모르시는지, 언제 닫았는지 여쭈려다 말았다. 그걸 알아서 내가 어쩌게. 학교와 가까워 종종 갔을 뿐 그렇게 맛있게 잘 하는 집도 아니었다. 아쉬울 것이 없었다.

길만은 그대로였다. 다행이라고 해야 할까, 그럴 필요가 있을까. 원체가 길의 모양이란 것은 잘 변하지 않으니까. 없던 길이 만들어지거나 있던 길이 확장되는 것은 종종 있는 일인 한편, 멀쩡히 나 있던 길이 아주 사라지는 것은 흔치 않은 일이었다. 간판에 때가 전혀 앉지 않은 새 가게들과 노포들이 서로 이웃한 학교 앞을 떠나며 나는 내가 이 지역을 아는 만큼 모르기도 하고 모르는 만큼 알기도 한다는 사실을 곱씹었다. 새삼스러운 감각으로.

돌아가 보니 병실 분위기가 묘했다. 한동희는 예의 짓궂은 눈웃음을 흘리며, 왼손 검지로 머리카락 끝을 살살 꼬며 아주 천천히 밥을 먹고 있었고 P는 아무 말 없이 그 장면을 따고 있었다. 오래 함께 일해 와서 등만 보아도 알 수 있었다. P가 지금 뭔가를 언짢아한다는 것을.

식사들 하시고 마저 촬영하자며 팀을 데리고 나왔다. 병실에서 외부음식을 취식하는 건 희귀병 환자에게 위험하다는 핑계로. 김밥 은박지 포장을 까면서 P는 한숨부터 푹 내쉬었다.

"과하게 발랄하다, 니 친구."

P는 돌려 말할 것도 없다는 듯 내뱉었다. 나는 별 대꾸 없이 김밥을 한 입 물었다. 기분 탓인지 익숙한 맛이었다. 짱구분식 김밥 맛이 꼭 이랬는데. 약간 비리다 싶을 만큼 김 맛이 생생했는데.

"원래 저랬냐?"

"잘 몰라요, 그 정도로 가깝지 않았어요."

"그래? 네 얘기 하는 거 보면 보통 사이 아닌 것 같던데."

내가 없는 사이 또 무슨 말을 했을까 신경이 쓰였지만 굳이 알고 싶지 않은 마음도 컸다.

"어차피 스토리야 편집으로 만드는 거고 감정이야 내레이션으로 까는 거지만 괜찮은 소스를 안 주면 우리가 뭘 할 수 있겠냐."

"발랄하면 좋지 않아요? 캐릭터 있잖아요."

"이 프로 보는 사람들이 캐릭터 찾아? 안타까운 사연 바라지."

그 말이 옳았다. 우리가 만드는 프로그램은 다큐멘터리 치고도 시청률이 안 나오는 편이었지만 ARS 전화를 충실히 거는 고정 시청자 층은 있었고, 그 충실한 이들에게 기운차고 잘 웃는 환자 같은 건 소구력이 거의 없었다. P의 한탄에 대학생 스태프들끼리 눈길을 주고받더니 한 명이 나서서 말했다.

"의사 인터뷰라도 좀 길게 따올까요?"

시청자들도, 찍는 우리도 잘 모르는 희귀병 환자들이 주로 출연하는지라 병명과 병세를 소개하는 코멘트는 매 편 꼬박꼬박 들어갔지만 의사의 단독 인터뷰를 길게 따는 일은 거의 없었다. 50분 남짓한 짧은 시간 안에 출연자의 고통을 집중적으로 보여주어야 시청자들을 자극할 수 있으니까.

"그래, 일단 따 놓고 얼마나 넣을지 생각해보자."

식사를 빙자한 작전회의가 끝나고 P는 한동희를 찍으러 돌아갔다. 나는 보조 촬영용 캠코더와 스태프 한 명을 동반해 주치의 진찰실을 찾아갔다. 다행히 주치의는 갑작스러운 출연 요청에도 호의적이었다. 이참에 자기도 텔레비전에 나오는 의사가 되어서 앞으로 재미 좀 보겠다는 농담을 했다. 국내에 몇 없는 희귀병 환자를 진료할 정도의 실력자라면 이미 아쉬울 것이 별로 없을 텐데. 나를 대신해 대학생 스태프가 그럭저럭 맞장구를 치며 웃었다.

의사의 말에 따르면 한동희가 앓는 질환은 한마디로 피가 느려지는 병이었다. 미세혈관 하나하나의 두께에 유의미한 차이가 생겨 어떤 곳은 너무 좁고 어떤 곳은 또 너무 넓은데 신체 일부가 아니라 전신 구석구석이 모두 그렇기에 혈류 속도가 느려질 수밖에 없다고 했다. 병목현상 아시죠? 그게 온몸에서 무수하게, 동시다발적으로, 언제나 일어난다고 보시면 됩니다. 병목현상이 생기면 교통체증이 필연적으로 발생하죠.

심장 기능에는 이상이 없다고 했다. 또한 그렇기에 문제라고 했다. 심장은 항상 일정한 운동으로 피를 밀어내고 있는데 그 심장으로 돌아와 공급되어야 할 피는 만성적으로 부족하다고. 그래서 한동희는 혈류 속도를 촉진하는 처치를 매일 받는데 부작용도 적지 않은 이 약품이 몸에 점점 적응이 되어 약효가 점점 떨어지는 것 또한 어쩔 수 없는 문제였다. 그러다 어느 날 혈류 속도가 일정 이하로 내려가면 그때는 더 이상 손쓸 수 없게 되는 거예요. 곧바로 혈류 속도가 0에 가까워지죠. 손익분기점 같은 거예요. 그보다 1퍼센트라도 높으면 안심이고 그보다 1퍼센트라도 낮으면 끝나는 거 말입니다. 그리고 사람이, 피가 멈춘다는 건…… 무슨 얘기인지 아시죠?

한동희의 죽음은 이미 예정되어 있고 천천히, 그러나 보통 사람보다는 훨씬 빠르고 분명한 속도로 그에 가까워져가고 있다는 말이었다.

"환자가 느끼는 고통은요?"

순환에 문제가 생긴 환자들이 겪는 모든 난점을 한동희도 겪는다고 했다. 이른 노화가 찾아오고 훼손 부위의 회복이 극단적으로 더뎌지며 훼손 자체도 무척 쉽게 일어난다고 했다. 재생과 회복에 필요한 모든 성분이 피를 통해 이동하는데 그 유통의 속도가 보통 사람보다 훨씬 느리니까. 푸석푸석한 팔목을 가볍게 스치기만 해도 멍이 들고 수개월이 지나도 멍이 빠지지 않는다고. 또한 혈류 속도를 높이려고 투여하는 약제는 사실 혈관 너비의 안정화를 유도하는 것인데, 이 약 때문에 오히려 전신 통증을 느낄 수 있다고.

"끔찍하네요."

훨씬 더 악질적이고 손 쓸 길 없는 병을 앓는 많은 환자를 봐 왔음에도 나는 그렇게 말하고 말았다. 예정된 죽음이 있고 그 죽음을 유예하려 투여하는 약이 오히려 통증을 유발하는데, 그마저도 점점 효과가 없어진다는 것은.

"어땠어?"

한 시간 남짓한 인터뷰를 마치고 병실로 돌아가자 P가 기다렸다는 듯 다가오며 물었다. 나는 한동희의 눈치를 보며 목소리를 낮췄다.

"증상 설명만 한 20초 넣고 나머지는 멘트만 따서 영상 밑에 깔면 괜찮을 것 같아요."

의사가 한 이야기에는 물론 정보값이 톡톡했지만 긴장해서 비슷한 이야기를 반복적으로 늘어놓은지라 통으로 길게 쓰기는 어려울 것 같았다. P는 고개를 끄덕였다. 그렇게 연출하면 별 스토리가 없어 보이는 그림도 그럭저럭 살릴 수 있으니까.

병실로 돌아가니 한동희는 여전히 카메라를 보면서 한손으로 머리카락 끝을 배배 꼬고 있었다. 습관일까. 한동희가 여느 환자처럼 보이지 않는 데에는 그 긴 머리가 한몫한다는 사실을 나는 의식했다. 항암치료를 받는 게 아니어서 굳이 밀거나 자를 필요가 없었을, 자라는 속도가 너무나도 느려서 오히려 자르기가 너무도 아까웠을 머리카락. 모발 성장이 느린 만큼 유분비나 각질의 탈락도 느릴 텐데 두피에는 먼지 같은 비듬이 가득 앉아 있었다. 누군가 머리를 감겨준 게 아주 오래 전 일이라는 듯.

"보호자님은요?"

"내 보호자 없어요. 그냥 내만 찍으세요."

P에게만 들리도록 조심히 물었는데 한동희가 듣고 답했다. 거짓말일 게 뻔했다. 출연 의사를 물을 때 환자뿐 아니라 보호자에게도, 하물며 병원 측에도 동의를 구하는데 보호자가 없다니. 촬영날인 것을 알고 일부러 오지 않기로 했거나 한동희가 오지 말라고 한 것이 분명했다.

주장의 진위 여부를 떠나 난처한 노릇이었다. 환자의 고통을 담는 것만큼, 혹은 그 이상으로 중요한 게 환자 가족의 눈물이기 때문에. 화면에 한 사람이 나오면 그 고통은 내면적이어서 잘 감지되지 않지만 두 사람이 등장해 대화를 시작하면 감정이 발산되고 자연스레 시청자가 공감할 여지도 생긴다. 그런 맥락에서도 보호자는 꼭 필요했다.

팀원 모두가 물끄러미 보는 기색을 느꼈는지 한동희는 배시시 웃었다.

"요즘 세상에 누가 종일 환자만 돌봅니까. 울엄마도 일하거든요. 병원비가요, 감당이 불감당입니다."

한동희의 변명을 듣고 난 P는 나를 쳐다보았다. 이거라도 살리자. 그런 표정인 듯했다. 경제적 어려움 때문에 가족의 돌봄도 바라지 못하고 혼자 병원에서 지내는 어려움. 그런 스토리텔링에는 도움이 될 만했다. 카메라는 계속 돌아가는 중이었다.

"배터리 갈고 잠깐 얘기 좀 하자."

연속 촬영이 네 시간 조금 넘었을 무렵 P가 카메라 뒤에서 기지개를 쭉 켜고 말했다. 담배를 피우러 나가자는 뜻이었다. 카메라를 끄고 일어서는 P를 한동희가 불안한 눈으로 쳐다보았다.

"오빠 어디 가는데요? 이제 끝난 거예요?"

이런 애였던가? 초면의 PD에게 오빠라니…… 대학생 스태프들이 서로 눈치를 보는 게 그 애들이 듣기에도 우스운 모양이었다.

촬영 내내 한동희의 태도에는 P를 향해 추파를 던지는 듯한 기색이 분명 있었다. 그게 불편하거나 어색하게 느껴지지 않는 것은 내가 한동희에게 약간이나마 연민을 느끼기 시작했다는 의미 같았다. 정작 불편하고 어색한 쪽은 바로 그 연민이었다. 일로 처음 만난 사람이라면 차라리 마음 놓고 가엾어해버리련만, 애매하게 아는 사이여서 그런 감정을 느껴도 되는지 헷갈렸다. 괜찮은 걸까? 연민 같은 걸 품어도. 어린 시절을 알고 있고 청춘이라 부를 만한 시기를 건너뛰어 피차 마흔을 바라보는 시점에 다시 만난 누군가가, 내가 아는 어떤 남자를 오빠라고 부를 때.

기분이 좋아서인지 어이가 없어서인지 P는 헛, 하고 웃음을 터뜨렸고 내가 대신 설명했다.

"해 떨어지기 전에 병원 전경이랑 병실 복도 같은 배경 딸겸 해서 나가는 거야."

그것도 실제로 해야 하는 일이었으나, 출연자의 귀가 없는 곳에서 어떤 소스를 마저 챙겨야 구성이 괜찮을까를 논의할 시점이기도 했다. 따라 나올 것처럼 들썩이던 한동희가 입술을 비죽이며 등을 둥글게 말며 주저앉았다. 담배를 피우지 않는 스태프 하나를 말동무 삼아 남겨두고 나오면서 유치하게도 나는 고소하단 생각을 했다.

“어떤 사이였어?”

옥상 흡연구역에서 P가 물었다.

“별 사이 아니었어요.”

“아니, 진짜로. 왜 자꾸 얼버무려.”

“정말 별 사이 아니었어요.”

설명할수록 자잘해지는 그런 사정은 말하고 싶지 않았다. 나는 등을 돌려 뒤를 가리켰다.

“저 학교예요, 제가 다니던 학교. 중3때 서울로 전학 갔지만.”

P는 내가 다니던 학교 방향으로 길게 담배연기를 내뱉었다. 어쩐지 불손하게 느껴지는 그 행동이 마음에 들었다. 그랬지. 저 학교였다. 개교와 함께 창설되어 삼십 년 넘는 전통을 자랑하는 교지편집부가 있었다. 한 해에 두 권씩 교지를 만들었다. 입학 직후, 입부 경쟁률이 높은 거기에 들어가느라 전전긍긍하던 시간이며 내가 손을 보탠 다섯 권의 교지가 생각났다. 이어서 떠오른 것은 한동희였다. 같은 학교 출신으로 우리 부에 들어왔지만 회의 때마다 멀리 떨어진 곳에 앉고 모르는 사이인 양 데면데면 지내던 한동희. 그래봐야 중학생이면서 같은 부 선배를 보면 깍듯이 인사를 해야 한다는 전통도 있었는데 나는 한동희가 나에게 인사하지 않아도 아무 말 하지 않았다. 나도 한동희를 아는 척하고 싶지 않았으니까. 내가 만든 다섯 권의 교지 가운데 세 권은 한동희도 함께 만든 것이었지만.

“뭐뭐 남았지?”

“처치실 들어가는 거 찍고 치료 후 인터뷰 따면 대충 구성 나오지 않을까 싶은데요.”

무균실까지는 따라 들어갈 수 없을 테니 처치실 입실 다음 의사 인터뷰 붙이면 되겠다. 나는 속으로 구성 얼개를 짜며 말했다.

"그럼 되겠네."

P는 담배를 툭툭 털고 이어서 한 대를 더 물었다.

"나는 배경 따고 들어갈 테니까 너 미리 들어가서 얘기 좀 해봐."

"무슨 얘기요?"

"감정을 좀 말랑말랑하게 해 보란 거지. 옛날 얘기, 속 얘기 나오게."

석연치 않은 마음으로 병실에 내려갔다. 한동희는 머리카락을 꼬고 있지 않았다. 스태프와도 서먹서먹하게 앉아 있던 참이었다. 한동희는 그렇다 치고 어린 스태프가 안쓰러운 마음이 들었다. 붙임성이 크게 좋은 아이도 아니거니와 세대가 달라 말이 통할 리 없는 걸 알면서도 억지로 같이 앉혀놓고 나간 게 미안해서.

"미안한데 자리 좀 비켜줄래요? 내 언니야랑 간만에 얘기 좀 하고 싶어서."

나와 눈이 마주친 한동희가 대학생 스태프에게 물었다. 스태프는 오히려 잘됐다는 듯 네, 하고 일어섰다. 갑자기 스태프와 나의 처지가 바뀐 것이었다. 당황스러웠다. 나야말로 한동희와 나눌 이야기가 없었다.

문이 닫히자 한동희는 기다렸다는 듯 물었다.

"니 그 오빠 좋아하제?"

"누구?"

"감독 오빠야 말이다. 니 얼굴에 다 써 있다."

뭐라고 말하면 이 애가 들을까. 다짜고짜 너라고 하면서 P에게 이성적인 감정이 있는지 묻는 건 분명 내 기분을 상하게 하려는 의도일 텐데. P와는 그런 사이가 아닐 뿐더러 일방적으로 느끼는 호감 같은 것도 없었다. 더욱이 한동희가 한 그 말은 내가 그 애에게서 처음 들은 말도 아니었다. 오래 전에도 그 애는 내게 그렇게 물었다. 답을 알고 싶어서가 아니라, 나를 당황하게 하고 비난하고 싶어서.

"존경하지."

"존경은 지랄."

"지금은 회사 소속으로 시리즈 찍으러 다니지만 예전에는 민주화 운동 기록물 만들던 사람이었어. 좋은 작업 많이 했고."

솔직히 말하자면 그랬다. 지금 하는 작업이 그때 하던 작업보다는 유효한 밥벌이가 되므로 함부로 이것이 그것보다 못하다고 말할 수는 없지만, 내가 P와 함께 일해보고 싶다고 생각하도록 만든 것은 그가 예전에 해둔 배고픈 작업들이었으니까. 동업자로서, 후배로서 바라보는 P는 존경할 만한 사람이었다.

한동희는 피식 웃었다. 그랬지. 그 한참 전에도 저 애는 저렇게 웃었다. 열한 살 먹은 나한테 남자에 미친년이라고 악을 쓴 다음에 내가 뭐라고 대답하자 피식 웃었다. 열 살짜리가. 어린 나보다 한살 더 어리던 애가.

한동희의 연년생 오빠 한동진이 우리 반 반장이고 내가 부반장이던 때였다. 원래 서로 딱히 인사는 하지 않아도 같은 학교에 다니다보니 아주 모른다 할 수는 없는 사이였고, 우리 할머니와 그 남매의 할머니가 같은 목욕탕 월 티켓을 끊어 다니다보니 느닷없이 알몸으로 공중목욕탕에서 마주치곤 했기에 존재를 인식한지는 이미 꽤 된 때였다.

한동진과는 나름대로 친하게 지냈다. 남자 반장과 여자 부반장이어서 그런지 둘이 엮어 유치하게 놀리는 아이들도 많았고, 아닌 게 아니라 목욕탕에서 본 적도 있는 참이어서 부끄럼을 탈 만도 했는데 둘다 의젓하게 놀림을 견뎌냈다. 한동진 덕에 내가 배운 것이 있다면 어렴풋한 동지애 같은 것이었다. 우리는 같은 놀림을 나누어 견디는 사이였으니까. 약간은 고맙고 약간은 반가운 한편, 저 애만 아니었다면 나도 이런 놀림을 받을 이유가 없었다는 점을 떠올리면 약간 밉기도 한. 이따금은 하교길을 같이 걷기도 했는데, 동네 아래 어귀에서 한동진이 먼저 손을 흔들고 나는 한참을 더 올라가야 했기에 같이 하교한다는 느낌보다는 내가 집에 가는 김에 한동진을 저희 집에 데려다주는 느낌이 더 강했다.

동네는 가파른 언덕배기에 따개비처럼 달라붙은 집들로 이루어져 있었다. 모든 집의 지붕이 평평해서 아랫집 옥상이 곧 윗집 마당이었다. 오래 전 물을 길어 올리는 길이었다던 가파른 골목골목, 윗집 아랫집을 구획하는 동시에 연결 짓는 평평한 지붕들이 곧 그 동네 아이들의 놀이터였다. 온 동네가 어린애들의 것이었지만 많은 아이들이 한번에 어울려 놀 만큼 넓은 공터는 좀체 없어서 가까운 집 애들끼리 삼삼오오 어울려 노는 것이 당연했다. 동네에서도 꽤 아래쪽에 사는 한동희 남매와는 학교에서가 아니면, 할머니 손에 이끌려 간 목욕탕에서가 아니면 말 섞을 기회조차 좀체 없었다는 것이다.

한동진이라면 몰라도 한동진의 동생하고까지 친하게 지낼 생각은 없었다. 한동희는 저학년이어서 4학년인 우리보다 빨리 하교하게 되어 있었으면서도 교문 근처에서 저희 오빠를 기다리곤 했는데 나하고 한동진이 나란히 교문으로 나오면 나를 빤히 쳐다봤다. 민망해진 내가 다른 친구와 가겠다고 할 때까지, 또는 저희 오빠가 먼저 가라고 쫓아보낼 때까지.

알고 보니 한동희는 저희 오빠의 친구, 나와도 같은 반이었던 어떤 남자아이를 좋아해서 매일 한동진을 기다린 거였다. 나도 속으로 좋아했던 그 남자애, 그 남자애가 어느 날 나를 좋아한다고 했고 그게 하루 사이 전교에 소문나자 한동희가 우리반으로 달려왔다. 할머니와 목욕탕에 가서나 보던 애, 매일 마주쳐도 인사 한 마디 변변히 나눠본 적 없던 애가 내게 소리쳤다. 니도 그 오빠 좋아하나? 정말로 그 남자애를 좋아하긴 했지만 부끄러워서 우물쭈물하던 차에 한동희는 내 머리채를 잡아뜯으며 악을 썼다.

이 남자에 미친년아. 니가 뭔데. 산동네 사는 주제에.

당시에는 그럭저럭 충격을 받았지만 자라서 생각해보면

뭐라 말하기도 참 애매한 일이었다. 산 높은 곳 살수록 못 사는 집이라는 것도 옛말, 그러니까 목욕 동무인 그집 할머니와 우리 할머니 때 이야기고 수도 전기 다 들어올 무렵 태어난 우리하곤 상관 없었는데, 그 어린애가 어디서 산동네 사는 주제 같은 말을 배워 써먹은 것일까. 평지 동네보다 산동네 사람들 형편이 기우는 게 현실이라 해도 우리 집이 좀더 높이 있었다 뿐, 그애네 집도 언덕 중턱에 있기는 마찬가지였는데.

그 후에도 한동희와 가까워질 수는 없었다. 4학년 때 그런 일이 있고 보니 5학년 때도 그게 떠올라 데면데면했고, 6학년 되어서도 5학년이 된 그 애가 서먹했으며, 중학교에 가서는 초등학교 때 걔랑 나랑 사이가 안 좋았었지…… 그렇게 기억하게 되어 끝까지 곱게 볼 수 없었다. 한동희와 나를 싸우게 만든 남자애는 이제 이름도 얼굴도 생각나지 않는데.

"니가 그때 내한테 죽으라캤다."

나는 한동희도 나와 같은 때를 떠올리고 있다는 것을 알았다. 내가 그랬나. 내가 당한 일은 그럭저럭 기억났지만 어떻게 되받아쳤는가는 기억하지 못했다. 비겁하게도 내가 먹었던 욕만 곱씹으며 한 살 어린 여자애한테서 무시무시한 치욕을 당한 듯이, 일방적인 피해를 입은 듯이 기억해왔다 생각하니 조금 부끄러웠다.

"진이 언니 니가 내한테 죽으라캐서 진짜 죽을 병 걸린 것 같다."

"그런 말 하지 마, 농담이라도."

"농담 아니다. 진짜 그런 것 같더라."

한동희는 무엇에 홀리기라도 한 듯 반쯤 얼이 빠진, 그러면서도 진지한 얼굴로 계속 말했다.

"내 다 봤다. 쭉 여기 살면서 다 봤데이. 언니 니하고 사이 안 좋던 사람 다 망하고 니 친구들은 다 시집 잘 가고 돈 잘 벌더라."

그렇게 보이는 것도 이해는 됐다. 교지편집부 동창

누구는 어느 기업 사모님이 되고 누구는 국비 유학까지 다녀온 박사님이 되었다는 소식은 나도 들었다. 당시 나와 어울려 다니던 교지편집부 아이들은 대개 학교에서 손꼽히는 모범생들이었으니 그 애들 중 일부가 그대로 잘 자라 후일 부러움을 살 만한 사람이 된 것이 놀랍지는 않았다. 흔치 않고 쉽지 않은 일일 뿐 기적까지는 아니었다.

하지만 망한 사람들 모두 나와 사이가 나빴을 리는 없었다. 애초에 세상에는 흥하는 사람보다 망하는 사람, 지지부진한 사람이 훨씬 많으니까. 그래서 그렇게 보일 뿐 한동희가 아는, 얼마나 망했길래 그렇게 말하는 것인지는 모르겠으나, 그 애가 아는 망한 사람 모두가 나와 사이 나쁜 사람일 리는 없었다. 나와는 아예 모르는 사이인데 한동희가 내 욕을 한 적이 있어 나를 안 좋게 생각하는 사람이라면 모를까. 그래, 그런 사람이라면 의외로 많을 수도 있겠지. 그렇게 생각해도 그들이 망한 것은 내가 그들을 저주해서가 아니었다. 존재도 모르는 사람을 저주할 수는 없었다.

"미친 소리라고 생각하지 마라……"

한동희는 숨을 조금 몰아쉬며 낮은 목소리로 말했다.

"그래서 내는 니가 신일지도 모른다고 생각했다."

그야말로 미친 소리라 생각했을 때 병실 문이 벌컥 열렸다. P가 돌아온 것이었다. 재미난 얘기들 나누고 계셨냐고 시원하게 묻는 그가 반갑기도 하고 원망스럽기도 했다. 한동희는 나와 대화할 때의 무서운 눈빛을 지우고 태연스레 머리카락을 손가락에 감았다. 분노로, 또 고통으로 씩씩 몰아쉬던 호흡 역시 언제 그랬냐는 듯 제 박자로 돌아가 있었다.

한동희가 석식을 먹고 처치실에 들어간 사이 우리 팀도 구내식당에서 밥을 먹었다. 직업적으로 빠른 식사를 마치고 옥상에서 담배를 피우고 돌아왔을 때도 한동희는 아직 병실로 돌아오지 못한 채였다. 눈에 띄게 어두워진 병실에서 누구 한 명

어느 한마디도 꺼내지 않고 있었는데 간호사가 한동희를 데리고 돌아와 불을 켰다. 한동희는 눈물로 얼룩덜룩해진 얼굴을 하고는 씩 웃었다.

"내 기다리셨어요?"

나는 P의 옆구리를 꾹 찔렀다. 카메라가 꺼져 있었다. 방금 그 장면을 땄어야 했는데. P는 허둥지둥 카메라를 켜 간호사의 부축을 받아 침상까지 걸어오고 눕는 한동희의 모습을 찍었다. 치료를 받고 나면 오히려 더 아프다고 했지. 나는 다친 복숭아같이 얼룩진 그 애의 얼굴을 내려다보며 생각했다.

"아, 일어났다 누우니까 침대에 머리카락 신경 쓰여서 못 눕겠어요."

한동희는 다시 창틀을 붙들고 몸을 일으켰다. 오전에 자다 일어날 때와 비교하면 무척 힘겨워 보이는 동작이었다. 도와줄 수는 없었다. 아무리 작품성을 신경 쓰지 않는다고 해도 다큐멘터리는 다큐멘터리니까. 출연자의 일상에 제작팀은 관여할 수 없었다.

"언니야가 내 좀 도와도."

그런데 한동희가 나를 보며 그렇게 청했다. 카메라를 기준으로는 왼쪽, 한동희한테는 오른쪽 앞에 서 있는 나를 바라보면서. 나는 P의 눈치를 살폈다. P는 고개를 끄덕였다. 한동희는 침상 옆 수납장에서 고무줄통을 꺼내달라고 하더니 노란 고무줄 하나를 집어 검지, 중지, 약지를 잇는 사슬 모양으로 끼웠다.

"언니야도 이렇게 해가 발밑 쫌 문대주라. 베개에 머리 대고 누워만 지내는데 와 발 밑에 난리가 나는지 모르겠다."

요청대로 침상 아래쪽을 고무줄 끼운 손으로 문질렀다. 침상 쪽으로 고정되어 있는 카메라 화면에 내가 한동희를 가리며 걸려 있을 거라는 사실을 의식하면서. 손에 낀 고무줄에는 머리카락과 체모가 도르르 말려서 금세 까맣게 되었다. 언뜻 보면 손에 돈벌레 같은 게 앉아 있는 듯이 보였다.

"내 노하우다. 털 치우는 노하우."

나는 P를 쳐다보았다. P는 입모양으로 말하고 있었다. 이거 살리자.

"잘 됐지요, 병 걸려서. 내도 작가가 꿈이었는데요. 요즘 에세이 작가 잘나간다 카던데 아니에요? 내 환자 노하우 모아서 책 내면 안 좋겠습니까."

그렇게 말하면서 한동희는 나를 쳐다보았다.

물론 한동희가 믿는 바처럼 내가 신은 아니었다. 하지만 나는 그 말의 의미를 알 것 같았다. 나를 신이라 생각하면서 그렇게 말했다면, 언젠가 자기에게 죽으라 했던 이에게 그렇게 말했다면, 그건 신에게 저항하겠다는 의미였다.

당신은 나한테 죽으라고 했지만 그렇게 순순히 죽지는 않겠다는 말.

P와 스태프들이 장비를 접고 나갈 동안 끝까지 출연자 곁에 있는 것도 나의 일이었다. 모두 나간 것을 확인한 후에 한동희는 또다시 태도를 바꾸었다.

"언니야."

응. 나는 한동희의 부름에 들릴락 말락 한 소리로 응답했다.

"진심이다. 내한테는 그게 너무 당연해서 아무 의심도 안 든다."

"뭐가?"

"언니 니가 신일지도 모른다는 거."

알고 있었다. 그게 나를 떠보려거나 놀리려고 꾸며낸 말이 아니라 그 애의 절박한 믿음이라는 것. 하지만 만약 내가 신이라면 나야말로 제일 잘 되어 있었겠지. 방송국에 납품할 최루성 다큐나 찍으러 다니는 조연출 겸 구성작가로 너를 만나러 오지도 않았겠지. 그 모순을 지적할 용기가 내게는 없었다. 죽음을 앞둔 지금까지 그 애가 품어왔을 순진하면서도 악의적인 믿음을 굳이 정정할 수 없었다.

"그래서?"

"내 좀 낫게 해도."

말문이 막혔다.

"할 수 있다아이가, 신이니까. 니 때문에 아팠으니까 언니니가 낫게 해도."

나는 망설이다 답했다.

"그래."

내 대답에 한동희는 미심쩍은 듯 눈썹을 모았다가 곧 얼굴을 펴고 천천히 눈을 감았다. 왜 이렇게 안 내려오느냐고 P에게서 전화가 걸려올 때까지 나는 눈 감은 그 얼굴을 내려다보고 있었다. 정말 신이라도 된 듯이, 그래서 갑자기 그 애를 사랑해야 할 의무라도 생긴 듯이.

"깜깜해졌네."

P가 차를 출발시키며 말했다. 뒷좌석의 대학생 스태프들은 나를 기다리다 잠든 모양이었다.

"딸 거 빨리 따고, 너 어릴 때 살던 동네 구경도 하고 그랬음 좋았을 텐데. 아니면 아예 1박 청구하고 내려올 걸."

"결재 승인 안 났을걸요."

네비게이션은 병원 둘레를 반 바퀴쯤 돌아 시내로 나갔다가 도시 외곽으로 나가기를 권하고 있었다. P는 네비게이션이 추천하는 경로로 차를 돌렸다. 나는 라디오를 틀었다. 심수봉의 개여울이 나오고 있었다.

가도 아주 가지는 않노라시던, 그런 약속이 있었겠지요. P는 습관처럼 그 후렴을 따라했다. 가도 아주 가지는 않노라심은, 굳이 잊지 말라는 부탁인지요. 나는 채널을 돌리려던 손을 멈췄다. 떠올리고 싶지 않았지만 어쩔 도리 없이 한동희가 떠올랐다.

"갑자기 든 생각인데요."

뭐가? 하고 P는 무심히 대꾸했다.

"이게 기도일 수도 있다는 생각이 들어요."

음. P는 평소처럼 웃는 대신 신음하듯 반응했다.

"김소월 시잖아요, 가사가. 당신은 무슨 일로 그리합니까. 그렇게 시작하잖아요. 기도라고 치면 신에게 당신이 하는 일을 이해할 수 없습니다, 그렇게 말하는 것도 같단 말이죠."

"그렇게도 되겠네."

한동안 P도 나도 아무 말 하지 않았다.

애처로운 노래 구절이 차 안을 떠돌았고 익숙할 리 없으나 익숙한 불빛들이 유령처럼 어두컴컴한 창 위를 지나가고 있었다. 다시 돌아올 일이 있을까. 모르지, 또. 어두움은 어떤 도시나 공평하게 만든다는 평범한 사실을 나는 곱씹었다. 익숙한 도시를 모르는 곳으로, 또 낯선 도시를 친숙한 곳으로 만드는 밤. 도시 안팎의 경계는 흐려지고 고향은 고향이었던 곳이 되며 고향이 아닌 곳은 고향이 아니었던 곳이 된다.

"갑자기 겸손해지네."

내가 무슨 생각을 하는지 안다는 듯 P가 말했다. 그러네요. 나는 작은 소리로 답했다. 노래는 끝나가고 있었고 아무리 빨리 달려도 밤을 추월할 수 없었다.

박서련

철원에서 태어났다. 2015년『실천문학』신인상을 수상하며 작품활동을 시작했다. 장편소설『체공녀 강주룡』『마르타의 일』『더 셜리 클럽』, 소설집『호르몬이 그랬어』『당신 엄마가 당신보다 잘하는 게임』, 짧은 소설『코믹 헤븐에 어서 오세요』, 에세이『오늘은 예쁜 걸 먹어야겠어요』등이 있다. 한겨레문학상과 젊은작가상을 받았다.

연어는 내가 알고 있는 사람들 가운데 가장 우울한 눈매를 가진 뉴질랜드인이었다. 물론 그는 워킹홀리데이 사기를 당한 불행한 이민자도 아니었고 허가증이 없는 난민도 아니었다.

연어와 소설가, 그리고 판매원과 노래하는 소녀의 일기

한정현

연어는 내가 알고 있는 사람들 가운데 가장 우울한 눈매를 가진 뉴질랜드인이었다. 물론 그는 워킹홀리데이 사기를 당한 불행한 이민자도 아니었고 허가증이 없는 난민도 아니었다. 그는 '키위'라고 불리는 스코틀랜드 출신의 뉴질랜드인이었다. 게다가 그의 아버지는 베이징에서 컴퓨터 AS업체를 운영하는 프로그래머였고 누나는 오클랜드의 대형 로펌에서 일하는 변호사였다. 그는 이들로부터 생활비를 받고 있었으므로 나같은 가난한 예비 유학생은 참 이해하기 힘든 우울을 가지고 있었다. 그래서 대체 왜 연어는 그런 눈빛을 하고 다녔는가.

이 이야기를 하려면 내가 처음 뉴질랜드에 갔던 해를 떠올려야 한다. 당시 나는 십여 년만에 대학원에서 겨우 박사 학위를 받을 수 있었다.그러나 역시 안정적인 자리는 구하기 어려웠고, 한국전쟁 당시 부산과 미국의 연관성에 관한 공부를 했음에도 뜬금없이 자료조사를 하겠다며 뉴질랜드의 수도 웰링턴으로 향하는 비행기에 올랐다. 물론 진짜 이유는 따로 있었다. 혹 생활의 장소가 바뀌면 나의 무엇인가도 함께 바뀌지 않을까 하는 막연한 기대감. 게다가 나를 아는 사람이 없는 곳으로 간다면 내 처지에 대해 변명같은 핑계를 대며 사람들을 피해 다닐 이유가 없어질 거란 기대도 있었다. 나는 태어나서 그때까지 부산을 벗어나 본 적 없는 사람이었다. 인생에 변화를 주고자 했던 의지 자체는 좋은 거였다, 그게 너무 막연해서 문제였지. 나는 이 막연함에 걸맞게 아주 비싼 집값을 물고 웰링턴 시내 중심가 윌리스 거리에 집을 구하게 되었다. 그리고는 그걸 갚아가느라 주 7일 아르바이트로 시간을 보내는 중이었다. 한국에서라면 박사 학위 핑계를 대며 과외 같은 걸 했으지도 모르겠지만 당연히 뉴질랜드에서 내 박사 학위는 아무 쓸모가 없었다. 하지만 생각해보면 웰링턴에서 내가 살던 집이 아무리 비싸다 해도 사실 한국보다는 저렴했다. 게다가 평일 저녁 일곱 시만 되면 웰링턴에서 가장 큰 마트인 뉴월드마트조차 영업을 하지 않을 정도로 그곳 사람들의 삶은 고요함 그 자체였다. 이런 적막을 못 견디는 한국인들도 많았지만 나는 그게 나쁘지 않았다. 나고 자란 곳이 부산 한가운데, 일제 강점기 때부터 공장이니 뭐니 빽빽했던 초량이어서 그런 건지도 모르겠다. 그래, 집값은 고요와 평화를 얻는데 지불한 셈 치자. 그런데 이렇게 값비싼 나의 고요와 평화를 깬 사람이 있었으니, 그가 바로 연어였다. 연어는 새벽 두 시가 넘어선 시간 내게 전화를 걸어왔다.

연어라니, 이 시간에. 어째서?

당시 연어와 나는 그저 어학원의 수강생과 아르바이트 선생 정도의 사이였다. 약간의 짜증이 섞인 기분으로 침대 끝에 걸터앉아 발끝을 내려다보고 있을 때였다. 연어는 이렇다 할 인사도 생략한 채 다짜고짜 자신의 사랑이 끝났다고 말했다. 아니, 새벽 두 시에 사랑이 끝났다고 전화를 하다니 연어가…… 새벽 두 시에 전화하는 사람이 한국의 대학생들 말고 또 있었구나. 짜증이 솟구쳤지만 마리화나가 합법인 뉴질랜드이기에 나는 혹 연어가 마리화나를 잔뜩 하고 내게 전화를 걸었을지 모른다는 생각을 했다. 그러자 짜증은 두려움으로 바뀌었다. 대체 왜 나인가 말이다. 물론 그는 마리화나를 하지 않았고 나여야 했던 이유도 그다음 대사에서는 좀더 명확해졌다.

이름은 준이고 한국인이라고 생각 돼. 고향은 부산이라고 했고 초량이라는 곳에서 왔어. 그런데 그가 갑자기 사라졌어. 그는 체류 비자도 넉넉지 않아.

그제야 내가 어학원 수업 첫날 자기 소개 시간에 부산 초량에서 왔다는 말을 했다는 게 기억이 났다. 하지만 연어야, 부산은 무척 큰 도시야. 물론 이 말을 하진 못했다. 웰링턴은 수도이긴 하지만 아주 적은 인구가 사는 곳이었고 한 다리 건너면 겹친 지인을 꽤 볼 수 있었기 때문이었다. 나야 아르바이트로 정신이 없지만 이곳 한국인들끼리는 서로 꽤 아는 모양이기도 했다. 어떻게 이런 이야기를 해야 할까, 결국 나는 연어에게 준이 설사 부산 초량에서 왔다고 해도 알긴 어렵다는 말을 하진 못했다. 연어가 그 뒤에 한참 동안이나 준에 관한 이야기를 꺼냈기에 나는 본 적 없는 준이라는 사람에 대해 최선을 다하지 못한 것 같아서 연어에게 미안한 기분까지 들 지경이었다. 다음 날 학원에 도착하자마자 오후의 아르바이트도 잊은 채 연어를 힐끔거렸다. 그러나 내 걱정이 무색하게도 연어는 아주 멀쩡한 얼굴로 누구든 마주치기만 하면 별로 대수로운 일이 아니라는 듯 “그가 정말 떠나버렸어.” 하고 말하며 준과의 이별을 떠벌리곤 했다.

연어가 왜 저러는지 알아?

늘 나와 스피킹 파트너를 해주는 마오리 친구 링크가 내게 그렇게 물었고 뭐라고 해야할지 난감해진 내가 그저 고개를 갸웃하자 그는 대뜸 이런 말을 꺼냈다.

연어라는 이름, 준이 지어줬대. 연어. 준이 가장 좋아하던 것이래, 한국어라던데 너 무슨 뜻인지 알아?

설마…… 그 연어가 정말 내가 아는 그 연어일 줄이야.

한국어를 한국어라고 생각하지 않고 들었을 때 한국어는 한국어가 아니었고 그래서 나는 연어를 부를 때 진지할 수 있었던 것이다. 그때부터 나는 조금 다른 비통함에 젖어 말을 잇지 못했다.

뭐, 말 안 해줘도 돼. 심각한 뜻이라면. 아, 나 전부터 너에게도 묻고 싶었는데, 왜 한국은 동성애가 금지야?

나는 다시 링크를 바라봤다. 그는 진심으로 궁금하다는 표정이었다. 사랑을 어떻게 금지하지? 준과 연어가 헤어진 이유는 그런 것일지도 몰라. 나는 링크의 말에 그저 다시 고개를 끄덕일 수밖에 없었다. 한국은 금지된 게 많은 나라였으니까, 뉴질랜드처럼 다양한 문화와 환경이 섞인 나라에서 들으면 놀라울 만한 것들이 참 많았으니까. 어쨌거나 나는 그때 연어가, 아니 연어든 그 어떤 이름이든 그가 그저 실연의 상처에서 얼른 회복되기만을 바랐다. 왜냐면 연어는 곧 수강생 모두에게 준이라는 이름을 붙여 불러대기 시작했기 때문이다. 곧 연어는 학원에서 해고되었고 나는 그렇게 연어를 잊어가는 듯 했다. 연어는 자기 집으로 거슬러 갔나 봐. 어디선가 보았던 연어의 회귀 본능을 떠올리며 나는 그렇게 중얼거렸다. 하긴, 연어는 우리와 다른 사람이었으니까. 일을 전혀 하지 않아도 되는 사람 말이다. 사람들은 동성 연인인 준이 한국에서 왔다는 점을 근거 삼아 둘의 헤어짐을 추측했지만 나는 조금 다른 생각을 했었다. 어쩌면 준도 나처럼 돈을 벌지 않아도 되는 연어와는 영 다른 세계 사람 아니었을까, 그러니까 연어보다는 나와 가까운 세계에 사는 사람. 어디선가 일을 하느라 연어가 저렇게 회귀하고 있는 줄은 꿈에도 모를 수 있는 준. 나는 그런 생각들을 좀 했을 뿐이었다.

그러나 연어를 다시 만난 곳은 강의 상류도 어느 말끔한 타워의 아쿠아리움도 아니었다. 연어를 다시 만난 건 그해의 크리스마스 시즌의 은행 창구 앞에서였다. 종일 꽁치 눈을 제거하고 받은 돈을 입금하기 위해 은행 입구에 줄을 섰을 때였을 것이다. 나는 어쩐지 등이 따갑다는 생각을 하며 뒤를 돌았는데 그곳에 연어가 있었다.

연어는 상류로 돌아간 게 아니었구나.

내 말에 연어는 어깨를 으쓱해 보였다. 연어 곁에는 단발머리의 남성이 서 있었는데 한눈에 봐도 한국인이었다. 연어와 나는 서로의 안부를 물었고 잠시 침묵이 이어졌다. 그러더니 연어는 뜬금없이 나를 크리스마스 파티에 초대했다. 두 명 정도 더 올 거야, 그날. 혼자가 아니니까 낯설어하지 않아도 돼. 나는 연어의 곁에 있는 남성을 바라보았다. 그는 슬쩍 연어의 팔짱을 꼈지만 자신은 그 파티에 가지 않는다고 했다.

이 사람이 준이니?

단발머리 남성의 눈이 조금 의아함으로 물들었을 때 비로소 나는 실수했다는 생각을 했다. 정작 연어는 아무렇지 않은 모양이었다.

아니, 그 아이는 정말 부산으로 간 모양이야. 항상 나에게 부산은 재밌는 곳이라고 했거든, 특별히 초량이라는 곳 말이야. 준은 항상 자극을 원하니까.

나와 연어의 이야기를 듣던 단발머리 남성은 부산이라는 단어에 조금 눈을 빤짝이며 반응했다. 자신은 서울 출신이지만 부산을 정말 좋아한다는 거였다. 부산 국제영화제엔 맨날 가요. 거기 유명한 중국집에서 만두도 먹고요. 부산역에서 내리면…… 거기가 초량인가요? 초량이라는 단어는 처음 듣네요. 단발머리 남성은 이런 말을 조금 빠르게, 두서없이 흘리듯 말했고 말 그대로 초량 토박이인 나는 뭐 딱히 덧붙일 말이 없어서 그냥 고개만 끄덕였다. 어쨌거나 준은 아니었구나. 그렇게 연어와 헤어지고 나서야 엉겁결에 연어의 크리스마스 파티 초대에 응했다는 사실을 깨달았다.

대체 왜 파티는 간다고 한 거였나. 갑작스러운 연어의 제안에 당황한 것도 있었지만 사실 정신이 완전히 다른 데

팔려있어서이기도 했다. 당시에 내 모든 관심사는 나 자신에 집중되어 있었다. 다른 이야기를 곰곰이 생각할 틈이 없었던 거다. 1년 정도의 웰링턴 생활 끝에 나는 장소의 변화가 반드시 생활의 변화로 이어지는 건 아니라는 걸 깨닫고 있었다. 꽁치 공장에서 빛을 보지 못한 채 종일 일을 하는 것도, 모두 비슷한 발음으로 영어를 하는 학원에 나가는 것도 계속할 자신이 없었다. 요즘 같은 시대에 생산적인 활동은 아닐지 몰라도 부산항이나 부산역 같은 곳을 어슬렁거리며 내 연구와 관련한 것들을 눈으로 보고 생각을 집중해보고 싶었다. 하지만 웰링턴의 이 지독한 평온만큼은 좋았다. 하루에도 몇 번씩 싸움이 날 것처럼 울려대는 거리의 사람들, 엄청나게 정체되는 부산의 교통 체증, 해운대와 광안리에 바다 좀 볼까 하고 나가면 들려오는 자질구레한 고성. 게다가 초량은 내 인생 전반에 걸쳐 공사를 반복하는 동네이기도 했다. 어른들 말 들어보니 태어나기 전엔 더 했다고 한다. 극장이 많은 동네라서 그랬나? 물어보면 오히려 그런 류의 북적거림은 좋았다고 한다. 할머니가 기억하는 초량은 공부를 했던 나도 잘 모르는 일이 있기도 한 동네였다. 전쟁이 끝나고 가난한 사람들이 부산항이니 역이니 나가기 좋아서 몰려 살았던 것 같은데 도시 재정비를 앞두고 큰불이 나서 거기 살던 가난한 사람들이 갑자기 사라졌다는 거다. 그런가 하면 아빠가 기억하는 초량은 하천 복개 공사로 땅을 몇 번 갈아 엎고 큰 물이 들었다가 나갔다가 하는 동네이기도 했다. 할아버지가 기억하는 초량은 또 달랐다. 공장이 많은 동네였고 그래서 할아버지도 흘러들어온 동네였지만, 노동자에게 좋은 기억으로만 남기긴 어려운 동네였다. 한평생 초량에 살던 할아버지에게, 그곳은 몇 십년이 흘러도 지독한 노동의 동네였다. 내가 다니던 단골 미용실 이모의 기억에 그곳은 택시 기사들이 불고기를 먹으러 오는 동네이기도 했다. 부산이 국밥만 있는 게 아니거든, 초량엔 불고기가 유명하잖아. 미용실 이모는 항상 머리를 말면서 맛집 몇 개를 내게 추천해줬다. 관광객이 아닌데도 그랬다. 그렇다면 내가 기억하는 초량은? 그냥 가난한 동네. 구도심. 미국과 부산의 연관성 공부 때문에 언젠가 살짝 들춰볼까 싶기도 했지만 내가 살아온 곳이라 그런지 공부로까지 연결하고 싶진 않았었다. 그런데 한국을 떠올리자 나는 다시 머리가 아파 왔다. 물론 이런 고민이 가벼운 마음으로 연어의 크리스마스 파티에 가게 해준 것도 사실이었다. 더 생각해서 나올 것이 없는 일에 몰두하는 것은 너무 피로했다. 일단 회피하자는 마음이 들자 그때부터 나는 연어의 집에 무얼 가지고 갈까, 이런 생각을 떠올리기 시작했고 그러면서 조금 더 부지런히 걸었다. 적어도 머리는 조금 덜 아픈 것 같았다.

"어떤 도시에서 길을 잘 모른다는 것은 별일이 아니지, 낯선 곳이기 때문이야."

지도를 보고 여러 번이나 로허헛을 빙글빙글 헤맨 뒤에야 나는 연어의 집 앞에 도착할 수 있었다. 로허헛은 근교라서 크리스마스라고 사람이 붐비는 것도 아니었는데 그 편이 길 찾기는 더 어려웠다. 도무지 물어볼 사람이 없었다. 뉴질랜드는 지나치게 평온해서 근교엔 문을 열어두고 사는 사람도 많다던데, 그러면 뭐하나 싶었다. 젊은 사람들은 호주로 나가고 말 그대로 사람조차 없었으니까. 연어는 나름대로 내가 길을 잃을 거란 생각을 했었던 것 같다. 문을 열자마자 인사 대신 저런 말을 하며 나를 맞아주었으니까. 나는 헛기침을 몇 번 한 후 길을 잃은 게 아니며 단지 생각할 것이 있어 산책 중이었다고 대꾸했다. 그러자 연어는 방금 했던 말은 발터 벤야민의 『1900년경 베를린의 유년시절』에 나온 구절일 뿐이라고 덧붙이며 웃어 보였다. 그 대답에 오히려 내가 어리둥절한 표정을 지어 보이자 그는 무언가에 쫓기는 사람처럼 서둘러 처음 보는 두 사람을 내 앞에 서게 했다. 한 명은 미국에서 온 친구로 책을 한 권 발표한 뒤 쉬고 있다는 소설가였고, 또 다른 한 명은 홍콩에서 택시 운전을 하다가 뉴질랜드로 건너와 마트에서 키위를 판다는 판매원이었다. 이번에도 연어는 참 알 수가 없었다. 소개해 준 사람들 사이에 공통점이라고는 없었으니까.

연어와 소설가와 판매원.

이들이 만난 이유를 간략하게 듣게 되고 나서야 나는 연어가 왜 갑자기 벤야민 이야기를 꺼냈는지 알 수 있었다. 이들은 한국 문학 수업을 같이 듣는다고 했다. 연어야 이전에 본 적이 있지만, 소설가와 판매원은 처음이었기에 나는 깍듯하게 악수를 청했고 그들 역시 고개를 숙이거나 모자를 벗어들었다. 인사를 나눈 후엔 무언가 약속이나 한 듯, 우리 셋은 빈 상자와 에코백을 챙겨 뉴월드마켓으로 향했다. 마트로 향하며 들어보니 나를 제외한 두 사람도 연어의 일방적인 초대였던 것 같았다. 소설가가 어색함을 깨려는 듯 말을 시작했다.

이번 주는 헤르타 뮐러를 읽는 시간이었거든, 이사벨 아옌데와. 그런데 갑자기 연어가 다가와서 다짜고짜 크리스마스 이야기를 꺼냈어. 소설 이야기가 아니라.

수용소의 경험을 아름다운 글로 풀어낸 헤르타 뮐러와 칠레 독재정권 하의 상황을 환상적 서사로 이야기했던 이사벨 아옌데…… 소설가와 판매원은 나에게 이런저런 말을 했던 것 같다. 나는 다 모르는 이야기였다. 그러나 거기까지 듣던 나는 퍼뜩 깨어난 사람처럼 그들에게 되물었다.

한국 문학 수업 듣는다며?

이들은 마치 한 사람인 듯 고개를 주억거리며 이렇게 답했다.

한국 문학도 제3세계 문학으로 분류되어 있어서 말이야. 언어 때문일지도 모르지. 영어가 아니니까.

마트에 도착했기 때문에 우리는 그 이야기를 길게 하지 못했다. 뉴월드마켓에서는 심사숙고 끝에 스파게티면 한 봉지와 전자레인지에 데우기만 하면 되는 피쉬 앤 칩스 세 봉지,

그리고 마운트쿡 근처의 광활한 농지에서 재배했다는 키위 한 상자를 샀다. 키위는 날지도 못하는데 이 키위는 전 세계를 돌아다니는 것 같아, 판매원은 그렇게 말하며 자신이 일하는 곳은 작은 마트라 이렇게 키위를 많이 들여다 놓지는 않는다는 말을 하기도 했다. 식품들을 나눠 들고 다시 연어의 집으로 향하는 길은 대체로 한산했다. 전날 술을 잔뜩 마신 젊은이들은 모두 집안에 틀어박힌 모양이었다. 여기는 평화가 일상보다 흔한 거라고 하더라. 판매원의 말에 나와 소설가가 돌아보기도 했다. 뭐, 겉으로 보면 미국도 평화로운 나라야, 아니, 평화를 지킨다고 장담하는 나라지. 자꾸 그런 식으로 포장하니까 쓸 말이 없는 나라이기도 하고. 소설가의 말에 나와 판매원은 잠시 할 말을 찾아야 했다. 한국이나 홍콩이나 평화라는 말이 귀한 동네였으니까. 이윽고 판매원이 '홍콩의 거리를 생각하면 마음이 아파' 중얼거리듯 말하긴 했지만 이내 고개를 저어 보이기도 했다. 잠시 그를 보던 나는 지금쯤 부산은 어떨까, 이런 생각이 들기도 했지만 나 역시 곧 고개를 저어 그 생각을 멀리 보내버렸다.

크리스마스 시즌이라 식료품을 구하는 것이 문을 여는 병원을 찾는 것만큼이나 어렵기 때문에 우리는 연어가 크게 기뻐할 거라 생각했다. 그러나 현관에 들어서자마자 우리는 그 예측이 완벽히 빗나갔음을 확신할 수 있었다. 부엌에 있던 연어는 뒷모습을 보인 채 양파를 썰고 있었는데, 분명 울고 있었다. 우리가 온 줄 몰랐던 것일까. 그가 울면서 나지막이 부르던 이름은 분명 준이었다. 그 모습을 보고도 우리가 돌아가겠다고 할 수 없었던 건 갑자기 연어가 달려 나와 파티 준비가 거의 끝났으니 조금만 기다려달라는 말을 잊지 않았기 때문이었다. 어떤 반응을 보여야 하나, 조금은 멍하게 서 있었을 때였다. 키위 상자를 물끄러미 내려다보던 판매원이 무언가 생각난 듯 크리스마스엔 북적이는 게 낫지 않겠느냐며 텔레비전을 켜자고 했다. 텔레비전을 켜고 주위가 어느 정도의 소음으로 채워지자 비로소 긴장이 풀리기 시작했다. 그리고 그제야 뉴월드마켓에서 키위에 대해 이런저런 것을 묻던 판매원의 모습이 떠올랐다.

키위새에 대해, 나만 신기한가요? 이렇게 묻던 판매원에게 소설가는 으쓱해 보였다. 한번도 궁금한 적이 없는 사람의 반응이었다. 나도 뭐 딱히. 키위에 대해 아는 것이라곤 뉴질랜드에서만 서식하는 뉴질랜드의 국가 새이며 겁이 많아서 밤에만 돌아다니느라 천적이 없어져서 날개도 같이 없다는 것 정도였다. 아, 또 하나. 평생 단 하나의 파트너 관계만 인정한다. 이게 전부랄까.

나까지 키위새 생각에 골몰하자 소설가도 말을 보탰었다. 그의 말에 따르면 키위새의 야행성 때문에 15세기 유럽에서는 키위새가 드라큘라라는 소문이 파다하게 퍼졌다고 한다. 겁에 질린 사람들은 저녁 외출을 삼가게 되었는데, 문제는 저녁 기도회조차 발길을 끊기 시작한 것이었다. 결국 교황이 직접 개입하여 키위새에게 마늘을 뿌려댔다고 하더군요. 처음 듣는 이야기였다. 키위새가 유럽에 서식한 적이 있었던가?

변한다는 게 언제나 나쁜 것만은 아닌 모양입니다.

소설가의 그 말에 별다른 질문을 할 수 없었던 건 내용이야 어떻든 결말이 그럴싸하게 느껴져서이기도 했고, 이윽고 그가 내게 시를 쓰는지 아니면 소설을 쓰는지 물어왔기 때문이기도 했다. 아무래도 연어와 아는 사이라고 하니 나 또한 문학을 공부하거나 쓰는 줄 알았던 것이다. 나는 고개를 저었다. 나는 소설이나 시는 잘 몰랐다. 그나마 아는 것이라곤 증거가 있어서 팩트를 확인할 수 있는 역사 정도였다. 물론 증거가 없어도 존재하는 것도 분명 있지만…… 곁에서 나와 소설가의 이야기를 듣던 판매원이 그런 말을 했다. "역사를 제대로 알 수 있다니, 정말 부럽습니다. 홍콩은 요 몇 년 정말 기억하기 힘든 역사가 반복되는 것 같거든요." 소설가는 그 말에 다시 나를 돌아보았다. 한국도 마찬가지 아니냐는 눈빛이었는데 그는 자신의 할아버지가 한국전쟁에 참전했고, 부산이라는 곳에 머물렀다는 말을 했다. 군의관이었는데 부산 초량 앞바다에 군의선을 띄어놓고 사람을 치료했다는 말이었다. 내 고향이 초량이라는 말을 혹시 이들에게 연어가 한 것일까, 또 준에 대해 이야기하다가…… 그저 초량 앞바다에 그런 큰 배도 들어왔었군, 이런 생각에 고개만 끄덕였다.

뉴질랜드의 크리스마스는 여름이었다. 하지만 계절을 제외하면 특별할 건 없었다. 케이블 채널에선 성탄특집 영화 몇 편이 방송되고 있었고 정규 채널에선 유명 연예인들이 가족들과 함께 나와 장기자랑을 선보이고 있었다. 그런가 하면 소설가와 판매원과 나는 연어가 준비한 케이크를 가운데 두고 각자의 방식으로 고마움을 표하느라 애쓰고 있었다. 막상 연어는 우리의 이야기를 듣는지 마는지 골똘한 표정이 되어 이렇게 중얼거렸다.

분명 뭔가 움직였어.

우린 처음에 그 말을 잘못 알아들었다. 소설가는 연어가 언어를 조금 이상하게 늘여 쓴다고 말하며 '전혀 아냐. 케이크 맛은 그대로이고 아주 훌륭해.'라고 답했다. 나는 연어의 말에 뭐라 답하지는 못했는데, 소설가의 확신에 찬 대답 때문만은 아니었다. 어색하게 이어지던 대화를 자연스레 멈추게 했던 것은 판매원에 튼 음악이었다. 판매원의 핸드폰에서는 쇼스타코비치가 음악감독으로 참여했던 영화 〈아이즈 와이드 셧〉의 주제음악이 흘러나왔다. 음악을 절반가량 들었을 때였다. 소설가는 케이크를 바라보다 누구에게 묻는지 모를 정도로 작은 목소리로 이렇게 물었다.

이 영화 마지막이 어떻게 되었더라?

연어는 그제야 무언가 자꾸 움직인다는 생각에서 벗어난 모양이었다.

미완성이잖아, 나는 예술가라면 자기 작품에 책임을 가져야 한다고 생각하는데 말이야.

연어의 그 말에 잠시 케이크를 더 바라보던 소설가가 미소를 띠며 이렇게 말했다.

그래도 가치 없지는 않을 거야, 뭐, 첫 번째 소설이 평단의 악평을 들은 후엔 내 소설도 더 이상 완성은 아니니까.

가벼운 말투였지만 소설가의 말에 모두가 다시 침묵에 돌입했다. 이번엔 음악이 진정시켜놓은 침묵이 아니었다. 나는 슬쩍 판매원을 돌아보았다. 하지만 판매원은 이렇게만 대답했다. 어쩌면 요즘의 홍콩에선 이 영화도 볼 수 없을지도 몰라요. 선택권이 없을지도 몰라요. 또다시 침묵. 나는 뭐라고 하면 좋을지 몰랐다. 홍콩의 시위에 대해서라면 참 많이 생각하고 토론하고 분노하고 그랬다는 생각을 했는데 정작 당사자 앞에선 뭐라고 해야 그가 상처를 안 받을지 정확하게 알 수가 없었다. 다만 다른 기억이 하나 떠올랐는데 언젠가 나도 엄마가 자신의 젊은 시절 이야기를 했던 게 생각났다. 엄마는 부산국제영화제 시즌이 되면 이런 이야기를 했었다. 초량은 그런 행사가 있어 관광객들이 많아지면 유명한 영화를 찍은 중국집에 사람들이 몰려와 군만두를 먹는 곳 정도로 알려졌지만 원래는 극장이 참 많았던 곳이라고 했다. 엄마의 말에 의하면, 엄마 젊은 시절엔 그러고도 막상 볼 수 있는 영화가 많지 않던 시절이기도 했다고 한다. 하지만 이제 한국에서 그런 일은 없다. 아니, 그것도 잘 모르겠다. 적어도 내가 속한 세계에서는 영화를 못 보거나 소설을 완성하지 못하는 일은 없다. 아니, 그것도 잘 모르겠다. 내가 속한 세계라면 대체 어디를 말하는 걸까. 부모님에게는 박사 후 과정을 위해 자료조사도 하고 영어 공부도 한다고 말한 뒤 실상은 종일 공장 노동자로 일하고 있는 이곳 웰링턴일까. 나마저 이런 생각에 휩싸여 침묵하기 시작했고 그 덕분에 집안 가득 음악만이 울려 퍼지게 되었을 때였다.

한 곳에 너무 오래 있었어.

몸이 근질근질했다고. 처음 저 말을 들었을 때 우리 넷은 서로를 바라보았다.

네가 말한 거니?

연어는 나를 보고 물었고,

아니. 나는 소설 대사인 줄 알았는데요?

그러면서 나는 소설가를 보았다. 소설가의 미국식 영어가 영국식 영어를 쓰는 뉴질랜드에선 조금 어렵게 느껴질 수 있었으니까. 그러나 소설가는 곧 판매원을 바라봤고 판매원은 전혀, 라는 듯 팔을 내저어 보였다. 침입자인가 유령인가. 차라리 유령이라면 좋겠다고 나는 생각했다, 세상에서 가장 무서운 건 인간이니까. 하지만 저 말의 주인공은 유령도 침입자도 아니었다. 저 말과 함께 상자 속에서 튀어나온 건 한 마리의 키위새였다. 재미있는 건 우리 모두의 표정이었다.

영감의 상징이군.

이것은 소설가의 말이었다.

새해 행운의 시작이군요.

이것은 판매원의 말이었다.

어…… 키위새를 실제로 본 건 처음이에요. 정말 존재하는 새였군요.

물론 이건 나의 말이었다. 돌아본 연어는 약간 굳어 있는 것만 같았다. 연어는 '키위새가 날개가 있다는 건 있을 수 없는 일이야' 이렇게 쉬지 않고 중얼대고 있었다. 정작 키위새는 이런저런 반응에도 별 동요가 없었다. 그저 날개를 몇 번 파닥인 후 쇼파에 자리를 잡고 앉았다. 판매원에게는 다시 한 번 쇼스타코비치의 음악을 틀어줄 수 있는지를 물었고 배가 고프다고 말했다. 남은 건 키위와 와인 뿐이라서. 내 말에 키위새는 어쩔 수 없다는 듯 와인 잔에 부리를 넣으며 발로는 리듬을 맞췄다. 이윽고 다시 음악이 시작되자 날개를 펴고 빙글빙글 방안을 돌던 키위새는 소설가, 판매원, 그리고 나와 번갈아 춤을 추기 시작했다. 첫 번째는 소설가, 두 번째는 나,

세 번째는 판매원, 그리고 마침내 연어가 되었다. 처음엔 눈치만 보던 우리도 어느 정도 시간이 흐르자 키위새와 함께 춤을 추기 시작했다. 특별할 건 없었다. 서로 마주 보다 등을 보이며 한 바퀴 돌기도 했고 가면을 바꿔 쓰고 손을 맞잡기도 했다. 모두들 흠뻑 땀에 젖어 바닥에 드러누웠을 때였다. 문득 연어가 이렇게 물었다.

"아까 움직인 게 당신이었나요?"

그제야 우리는 연어가 중얼거리던 말이 생각났다, 무언가 자꾸 움직인다는 말. 하지만 날개가 없으신데. 소설가가 끼어들었고 그 말도 일리가 있었다. 키위새는 날개가 퇴화했고 그래서 걸어 다니는데 원래 조류인 데다가 다리도 짧아서 오래 걷지도 못한다.

상상력들이 없군, 그러니 지도나 들고 다니지, 인간들, 아무것도 예측할 수 없는 삶에서 길을 잃지 않겠다는 게 얼마나 허황된 일이냐 말이야.

키위새가 정말 유럽에 있었나, 그래서 벤야민을 공부라도 한 걸까. 키위새는 길을 잃는 걸 좋아했다던 벤야민과 유사한 이야기를 하고 있었다. 내가 넋을 빼고 있는데 그제야 연어도 손뼉을 치듯 박수를 치며 '아, 벤야민?' 이라고 말했다. 키위새는 고개를 살짝 끄덕여줬다. 대체 벤야민 이야기를 왜 하는 거야, 술기운 때문인지 소설가는 조금 용기가 차오른 모양이었다. 그러자 이번엔 판매원이 나서주었다. 그는 문학 수업 때 배운 적이 있다며, 벤야민의 삶은 극적이라고 치켜세웠다. 그는 벤야민의 자세가 고귀했기 때문에 유명한 학자이면서도 유대인이라 2차 세계 대전 당시 스페인 국경에서 죽었다는 거였다. 그래도 능동적인 사람이었던 거지. 내가 중얼거리자 이번엔 소설가가 끼어들었다.

그런데 그게 지금 상황에서 대체 왜 나온 이야기지?

소설가의 말에 나와 판매원은 동시에 도통 모르겠다는 듯 고개만 저어 보였다.

우리 셋이……여기에 있는 게 뭔가 한심해보이는 걸까요? 뭐, 홍콩 상황도 안 좋은데 다른 나라 와서 이러는 제 모습이 안 좋아 보이는 건지.

판매원이 침울한 표정으로 말하자 소설가는 전혀 아닐 거라는 듯 그의 어깨를 좀 두드려주었다.

뭐 그럼 미국은 몇 십년 째 전쟁 중인데. 하긴, 미국 한심하지.

복잡한 사정이라면 한국도 미국과 홍콩에 뒤지지 않을 자신이 있었기에 나는 비장한 한마디를 던졌다.

아. 한국은 그럼 휴전 중인데?

나와 소설가와 판매원은 동시에 웃음을 터트렸다. 분명 우리 셋은 취한 거였다. 판매원은, 자신이 크리스마스 파티에 있을 수 있는 건 그저 자신이 판매를 맡은 곳이 일찌감치 크리스마스 시즌에 팔 물건을 다 팔아버려서 가능한 것이라고 말했다. 정치적인 게 아니라 개인적인 이유죠. 그 말에 소설가는 자신이 소설을 쓰지 못하는 소설가라 여기에 있을 수 있다고 했기에 나와 판매원은 표정 관리를 어떻게 해야 할지 조금 난감한 기분이 되기도 했다. 그럼 나는? 부산으로 돌아갈 것인가 말 것인가. 이 생각을 하기 싫어서야. 둘은 동시에 이해된다는 듯 그저 깊게 고개만 끄덕였다.

아, 전에 들으니까 연어의 전 연인도 부산 사람이라고.

소설가와 판매원이 생각났다는 듯 그렇게 말하며 내게 그 전 연인을 아냐고 물어왔다. 혹 미국도 홍콩도 한 다리 건너면 다 아는 사이인 걸까. 설사 안다고 해도 요즘처럼 바쁜 시대에 이별의 이유를 말하거나 들어줄 사람은 많지 않을 것이다. 나는 잠시 팔짱을 낀 채 생각에 잠겨 있다가 불쑥 이런 말을 했다.

잘은 모르지만, 그 준이라는 사람은 부산을 좋아했대. 그래서 부산으로 돌아갔나 보지.

판매원은 잠시 침묵하다가 나에게 부산을 좋아하냐고 물어왔다. 나는 글쎄, 하고는 어깨를 으쓱했다. 좋아한다기보다 잘 안다는 게 맞겠지. 그러자 이번엔 소설가가 조금 미소를 머금은 채 이런 말을 했다.

좋아해서가 아니라 좋아해야만 하는 곳이라서 그런 건 아닐까. 그래도 도망치는 타입은 아닌가 보네, 준은.

순간 나는 소설가의 말에 큰 숨을 한 번 들이셔야 했다. 그러게, 나는 정말 부산을 잘 아나? 좋아해야만 하는 곳에서도 도망치는 게, 누구에게도 피해 안 주고 사라지는 게 대단한 건가. 그러다 나는 문득 연어가 무얼 하는지 궁금해졌다. 아까부터 우리 이야기에 끼어들지도 않고 잠잠했다. 하지만 돌아본 곳에 연어는 없었고 바닥에 조금 어지럽게 놓인 키위 상자만 비어있는 채였다.

아무래도 그날 우리는 너무 많이 마셨던 걸까. 모르겠다. 언제나 그렇다. 술을 마시는 도중엔 늘 멀쩡하다고 생각한다. 다음 날 깨어보면 기억은 제멋대로 조각나 있다. 그런 경우 그 전날 일은 그저 좋게만 생각해버린다. 연어를 찾아 헤매던 우리 셋은 연어가 주방 끝에 서서 누군가와 통화하는 뒷모습을 보았다. 언뜻, 부산은 어때? 거긴 살아 갈만 해? 너는 이곳이 너무 정체되어 있다고 했잖아. 조금 어지럽지만 부산이 좋다고, 그곳의 이야기를 기록할 거라고 했잖아, 하고 말했던 것도 같다. 그러나 정확한 기억은 아니었다. 다음 날 눈을 떠보니 모두 각자 편한 위치에서 졸고 있었다. 어느새 크리스마스는 지나갔고 또 아침이었다.

메리 크리스마스, 모두에게 각자의 평화와 축복을.

대충 집안을 정리한 뒤 나와 소설가와 판매원이 막 현관을 나서려 할 즈음이었다. 연어는 잠시 기다리라고 하더니 방으로 가서 엽서 세 장을 가지고 나왔다. 인생을 움직일 수 있는 힘을 주기를, 메리 크리스마스. 엽서의 앞면엔 키위새가 서 있는 사진이 프린트되어 있었다. 분명 날개가 없었다. 움직이기 힘든 키위새, 그래서 아무 일도 일어나지 않는 키위새. 우리 셋은 엽서를 들고 한동안 움직이지 않았다. 그러자 가만히 우릴 바라보던 연어가 이렇게 말했다. 그런데 어제 움직인 거 말이야. 그는 입술을 몇 번 달싹였지만 이내 웃음을 터뜨리며 고개를 저었다. 그러더니 좀 자야겠다며 이번엔 오히려 그가 서둘러 작별 인사를 건네 왔다. 연어의 집에서 나와 걷는 웰링턴의 시내는 전날과 크게 다르지 않았다. 크리스마스가 지났지만 시내는 변함이 없었다. 아침잠 없는 노인 몇몇만이 식어 빠진 베이글을 앞에 둔 채 졸고 있었다.

시내인 쿠바 거리 광장에는 아침 일찍부터 음식을 파는 수레가 나오곤 했다. 우리는 걸은 김에 그곳에서 함께 아침을 해결하기로 하고 자리를 잡았다. 뜨끈한 국물이 그리웠던 나는 카레락사를 주문했고, 소설가는 태국식 볶음밥인 나시고랭을, 판매원은 빵을 두유에 찍어먹는 대만식 아침 식사를 주문했다. 이야기의 흐름이 바뀐 것은 소설가가 품 안에서 연어에게 받은 크리스마스 카드를 꺼내고 난 직후부터였다.

키위새가 뉴욕에서 태어났으면 날개가 퇴화하지 않았을 거야. 죽지 않았을 거야, 일단 무한 경쟁이잖아. 죽을 시간이나 있겠어? 몇십 년 전에 태어나도 마찬가지지, 세계 곳곳에 미국이 벌여놓은 전쟁에 참여하느라 날개가 세 배는 커졌을 거야. 부산에도 갔겠군.

소설가의 말에 나는 맞장구를 놓았다.

부산에서 다양한 음식을 경험했을 거예요, 한국은 밤에 여는 식당도 많아요.

나의 말에 소설가는 크게 웃었고 판매원은 고개를 끄덕였다.

“그러게요, 홍콩이라면 일단 사는 게 문제긴 하겠네요, 집도 작고 물가는 비싸고 게다가 요즘엔……. 한국도 그랬죠? 시위하다 사람이 죽으니까.”

소설가와 나는 웃음을 멈춘 뒤 판매원을 바라봤다. 요즘은 한국에 정말 사람 죽는 일이 없을까, 여전히 나는 그 말에 선뜻 답을 할 수가 없었다. 내가 떠나온 초량이라는 곳만 해도 그렇다. 일제부터 북적이던 그곳은 이후에도 모두에게 요긴한 공간이었다. 하지만 할머니가 그랬듯 70년대가 되고 부산이 나름 큰 도시가 되자 갑자기 가난한 사람들은 나가라는 듯 이상하게 큰불이 났었고 그 뒤 어떤 사람들은 아예 사라져 버렸다. 극장이 많았지만 그만큼 가난도 많았던 동네. 택시 운전사들이 모여 있는 그곳이 불고기집은 맛집이라는 그런 동네. 사실 무슨 일이 어떻게 일어나고 있는지는 모를 일이었다. 누군가 이런 것도 기록해놓으면 좋았을 텐데, 나처럼 연구 목적이 아니라 그저, 그냥. 그렇다면 정말 준은 그런 일을 하러 간 걸까…… 내가 이런 생각을 하는데 판매원이 문득 이런 이야기를 시작했다. 그는 홍콩에서 택시 운전을 했다고 했다. 평소보다 대기하는 시간이 길었던 어느 날 밤 그의 택시로 여자 손님 한 명이 황급하게 뛰어들어 왔다. 그즈음 시위를 과잉진압하는 일이 잦았고 관광객들은 위험 때문에 홍콩에 많이 들어오지 않았다. 손님인 그 자체로 좋았는데 문득 그는 백미러에 비친 사내 둘을 보았다. 공안 경찰 같았다. 그는 그날밤 자신이 어디로 가는지도 모른 채 무작정 달리기 시작했다. 처음 느끼는 공포였다. 택시가 멈춘 뒤에야 현금이 없다는 걸 깨달은 여자 손님이 몹시 미안해하며 이름과 연락처를 남기겠다고 했고, 그는 한사코 고개를 저었다. 그리고 그날 이후 그는 손님을 태우고 달리는 대신 시위대가 보이는 길에 택시를 세워두고 시간을 보내기 시작했다. 결국 그는 운전대를 놓을 수밖에 없었다. 그리고 뉴질랜드로 왔다.

뉴질랜드는 평화로운 나라라서 그런 일은 겪지 않을 거라 생각했죠. 판매원은 그러면서 내게 부산을 좋아하냐고 물었다. 자신도 부산에 가고 싶다는 말도 덧붙였는데 나는 여전히 아무런 말도 할 수가 없었다. 다만 모두 각자의 이유가 있었지만 결국 우리 셋은 떠나온 게 아니라 어딘가에 묶여 있는 사람들 같다는 생각만이 선명해졌을 뿐이다.

아침을 먹은 뒤 우리는 간단한 인사를 주고받으며 각자의 방향으로 흩어졌다. 몇 달 뒤, 연어가 나에게 전화를 걸어 판매원은 그날로 곧장 홍콩행 비행기에 올랐는데 이후 그의 소식을 듣지 못했다고 말했다. 그의 진짜 이름이나 홍콩의 연락처라도 알아뒀어야 했는데. 이렇게 말하는 연어의 말투는 낙담하는 것 같았다.

판매원 때문은 아니지만 얼마 지나지 않아 소설가도 미국으로 돌아간다고 했다. 기대는 없지만 정권이 바뀌었으니까, 코로나도 심각해졌고. 그를 배웅하던 날, 나는 공항에서 틀어놓은 뉴스에서 크라이스트처치에 큰 지진이 났고 동물원에서 코끼리나 기린, 사자 등이 탈출하여 도심을 질주했다는 소식을 보았다. 원래 자신의 길을 간 것일지도 몰라. 소설가의 말에 가만히 고개를 끄덕이던 나는 문득 이렇게 다시 물었다.

그런데 키위새는 어떻게 된 걸까.

내 말에 소설가는 이렇게 대답했다.

내가 들은 바라면, 그대로 죽었대. 동물원에 갇힌 키위새 말이야. 날 수가 없었으니까.

거기까지 대답한 소설가는 보딩패스를 챙겼다. 문득 그가 원래 통과해야 하는 게이트가 아닌 다른 게이트로 들어가려 하는 걸 깨달은 내가 그의 이름을 불렀을 때였다.

“길을 헤매고 있다는 건 어쩌면 길을 찾는 중이라는 거겠지?”

그는 웃었지만 방향을 바꾸진 않았다. 작별인사였다. 그렇게 소설가가 미국으로 돌아가고 나 또한 한국으로 돌아갈 비행기 표의 날짜가 얼마 남지 않았을 무렵이었다. 이전보다 더욱 논문이 쓰고 싶기도 했고 그를 위해 부산을 걷고 싶기도 했지만 먹고 살 일에 대한 걱정은 여전히 나를 김새게 만들기도 했다. 돌아간다면 이번엔 서울에라도 가서 다시 박사 후 과정을 시작해야 하는 게 아닌가, 그런데 내 연구 주제는 부산인데. 이런 생각까지 하며 김해공항으로 되어 있는 표를 인천으로 바꿀까 말까를 고민하던 나는 뜬금없이 피지행 비행기 표를 끊었다. 뉴질랜드까지 갔으니 피지 정도는 가봐야 하지 않겠냐는 주변의 권유도 있었지만 표값이 고작 35달러라는 것도 주요한 이유였다. 챙길 짐이 별로 없어 고민하던 중 연어에게서 연락이 왔다. 이번엔 그의 차례인 모양이었다. 연어는 태어나서 처음으로 뉴질랜드를 떠나 부모님이 계신 베이징에서 살아볼 결심을 했다고 전해왔다. 준이 있는 부산이 아니고? 물론 이 말을 하진 못했다. 그사이 연어는 갑자기 내게 뉴질랜드 사람들의 사망 원인 1위가 무언지 아느냐고 물었다. 피부암인가? 오존층 구멍 때문에. 그건 3위쯤에도 못 낀다며 코웃음을 치던 그는 별안간 진지한 말투가 되었다.

"죽고 싶지 않으니 움직여야지."

하지만 연어야, 세계에서 가장 평화로운 나라 중에 하나가 뉴질랜드야. 그렇게 대꾸해주려던 내게 연어는 조금은 쓸쓸한 말투로 자신은 한국 문학을 공부하고 싶었던 게 아니라 그냥 살아있음을 느끼고 싶었던 거 같다는 말을 건네 왔다. 한국은…… 다이나믹 하니까. 준은 이런 내 말을 좋아하지 않았지만 말이야. 나는 그런 연어에게 왜 준이 그 말을 좋아하지 않았는지 아냐고 물었고 연어는 조금도 망설임 없이 그 다음이 이야기를 이어나갔다. 그래, 준도 너와 같은 반응이었어. 한국이 얼마나 힘든 곳인지 아느냐는 말을 많이 했지, 그럼에도 그곳으로 돌아갔지만 말이야. 연어의 말을 듣던 나는 생각했다. 연어는 한국을 좋아하는 걸까, 아니면 준을 빼앗아가서 화가 난 걸까. 그것도 아니면 뉴질랜드에서 그저 준을 기다려야 하는 자신에게 분노한 걸까.

게다가…… 그래, 한국은 실제 분주했다. 그런데 연어는 정말 준이 말해주기 전까진 전혀 몰랐을까. 그러니까 호주와 뉴질랜드는 한국전쟁 최대 참전국 중에 한 나라인데 그 분주함이 어디서 기인한 것인지를 말이다. 살아남기 위해, 그곳은 살아남기 위해 발버둥 치는 곳이다. 천연 자원도 없고 풍부한 육지도 없는 곳. 왜 그랬는지 모르겠지만 나는 그날 연어에게 그런 말을 했다.

"내가 살던 부산 초량에 말이야. 그래, 준의 고향이기도 하지. 한국 전쟁이 났을 때 부산 빼고는 다 멈춰섰대. 그래서 사람들은 살려고 그런 거야. 초량은 커다란 의료선도 들어오고 그냥 배도 들어오고 그런 곳이었어. 엄청나게 큰 공장도 있었다가 지금은 사라졌고. 한참 경제 성장기에는 거기에 엄청난 화재가 있었대. 도시를 정비하기 직전인데 갑자기 큰 화재가 났고 거기 살던 사람들이 많이 없어졌대. 그 사람들은 아침부터 저녁까지 열심히 일만 하던 사람들일 텐데 말이야. 전쟁 때 만들어진 공간이었으니까. 그런데 또 뭐, 내게도 거긴 오래 살았던 곳이라 이런 공적인 이야기 말고도 다른 기억들이 많아. 그냥 사람 사는 곳이지, 집값도 안 오르고 세련된 건물도 별로 없는 허름한 우리 동네. 예전엔 부산에서 알아주는 중심지였다고 하더라고. 아, 뭐라더라. 이젠 문화 공간으로 만든다고 하더라."

준이 들었다면 그걸 기록하겠다고 했을 거야. 준은 부산이 조금 빠르다고 했지만 그래도 기억해야 할 곳이 많은 공간이랬거든. 연어는 내 말에 역시나 준을 끌어와 답했다. 나는 수화기 너머에 있는데도 고개를 끄덕이며 말을 이어나갔다.

"그래. 누군가 기록을 해야 한다고 생각해. 조금은 사적인 기록도 말이야. 그럼 그 공간도 영원할 수 있으니까. 뭐, 그 사람이 네 말대로 준일 수도 있고 말이야. 그런데 말이야, 연어야. 나 여기 와서 뭐 하나를 알았어."

"응? 무슨?"

"그냥 뭐랄까. 연어 너는 한국의 분주함이 좋아 보인다고 했지만, 나는 가끔 한국인들이 편안해졌으면 해. 그냥 두는 것도 있었으면 해. 초량도 너무 자주 바뀌는 것 같거든. 언젠가 준이라는 그 사람이 기록해두는 게 있다면 나도 보고 싶을 만큼 말이야."

수화기 너머의 연어는 잠잠했다. 물론 나는 평온해서 우울하다는 뉴질랜드인들의 정신적 고통을 낮춰 말하는 건 아니었다. 그저, 나도 설명할 수 없지만 각자의 고통 같은 게 있는 거 같다고 그런 말을 하고 싶었던 것 같다. 연어는 잠시, '우리가 동성 연인이라 헤어지게 된 것도 사실이야. 하지만 자꾸 준이 다른 이야기를 한다고 느꼈는데……' 말을 흐렸지만 이어가진 않았다. 잠자코 듣던 나는 다시 말문을 열었다. 내가 초량에 대해 뭐라고 더 말했을까, 연어가 준에 대해서는 또 뭐라고 말했던가. 그리고 이런 저런 사정에도 나는 웰링턴의 평화가 여전히 조금 부럽다는 말도, 잊지 않고 덧붙였었다. 연어 역시 한국의, 부산의 그 활기가 부럽다는 말도 잊지 않았다.

에필로그

피지에서는 역시 예상대로 아무 일도 일어나지 않았다. 해변에 나갔더니 스위스에서 왔다는 여학생이 혼자서 물구나무서기를 하고 있었다. 나는 그저 그 옆에 햇빛을 막을 요량으로 챙겨 나온 우산을 꽂아두었다. 비수기라 허니문 리조트도 모두 빈 채였다. 나는 섬 가운데 있는 산에 올라 주변을 돌아봤다. 뉴질랜드와 달리 피지는 지진도 없는 곳이었다. 한국이 어느 쪽에 있더라? 한국을 떠난 뒤 처음으로 위치를 가늠해보며 주위를 둘러보았고 그것도 한 십 분이면 충분했기에 이내 다시 걸었다. 우산을 꽂아놓은 해변에 갔더니 여전히 스위스에서 온 여학생이 물구나무서기를 하고 있었다.

나는 못 본 척 곧장 숙소로 돌아왔고 나도 모르게 잠들었던 같다. 한참 뒤 나를 지켜본다는 느낌이 들어 눈을 떠보니 원주민 소녀가 서비스에 포함된 것이라며 피지 원주민의 노래를 부르고 있었다. 앞에는 각종 과일과 빵이 담긴 카트가 있었다. 그게 피지에 온 첫날의 일이었다. 다음 날 밤에도 원주민 소녀는 자신의 일을 하러 방문을 두드렸고 나는 열심히 박수를 치며 노래를 부르고 카메라를 꺼내 사진도 찍었다. 물론 며칠이 지나자 그때는 기력조차 남지 않게 되었다. 나는 소녀에게 서비스는 이미 충분히 제공된 것 같다며 이 시간에 쉬는 건 어떤지 물었다. 소녀는 오히려 이건 자신의 일이고 끝까지 해내고 싶다는 말을 했기 때문에 나는 더 이상 그에 대해 말하지 못했다. 다음 날 아침이 되었을 때 나는 전날 소녀의 말을 떠올리며 해변을 걸었다. 그러다 그곳에서 여전히 물구나무서기를 하고 있는 스위스 여학생을 보았고 반가움에 그에게로 달려갔을 때였다. 내가 다가가자 그는 물구나무서기를 멈추고 자리에 앉아 바나나를 까먹기 시작하며 이런 말을 건네왔다.

한 달이면 얼마나 많은 피지 사람들이 저곳으로 가는 줄 아니?

나는 그녀가 가리키는 망망대해를 바라봤다. 파도조차 없는 저 바다가 사실은 끝없이 움직이고 있다는 사실이 믿기지 않았다.

이 사람들은 태어나자마자 줄곧 아름다운 자연 속에서 행복한 사람들만 보며 살아가야 하지. 그렇게 말하는 그녀의 얼굴은 직전에 비해 열기가 많이 가라앉은 것 같았다. 나는 피지 사람들은 언제나 행복하기만 할 거라고만 생각했어. 그렇게 말하는 그녀의 얼굴은 창백해 보이기까지 했다.

나는 저곳으로 가고 싶지 않아. 그래서 이곳을 떠날 거야. 태어나면 죽기를 기다려야 하는 건 모두가 다 마찬가지겠지만 말이야.

나는 그에게 고개를 끄덕여주는 대신 굿바이 인사를 했고 곧 숙소로 돌아와 노래를 불러주는 원주민 소녀를 기다렸다. 그리고 스위스 여학생에게 들은 이야기를 꺼냈다. 원주민 소녀는 갑자기 싱긋 웃음을 지어 보였다. 내가 웃음에 고개를 갸웃하자 이런 말을 건네 왔다.

“하지만 저는 피지도 좋고 이 일도 좋아요. 한곳에서 오래 살다보니 더 알아가는 것도 많고요. 각자의 생각이죠. 누군가는 우울할 수도 있고요. 작년부터는 이곳을 홍보하기 위해 인스타그램도 시작했어요. 유튜브도 하고 싶어요. 한곳에 있어도 할 수 있는 것은 많다고 봐요. 당신은 어때요? 당신이 떠나온 곳이 부산이랬죠? 그곳에 대해 잘 아나요?”

나는 원주민 소녀의 웃는 얼굴을 바라보다 이내 함께 미소지었다. 좋아하는 노래를 해주세요, 이렇게 청한 후에는 함께 노래를 부르기도 했다. 노래를 부르면서는 베이징으로 떠난 연어와 홍콩으로 돌아간 판매원, 그리고 이번에야말로 소설을 쓰겠다던 소설가를 떠올렸다. 초량에 대해 기록하고 있을 준이라는 사람에 대해서도 상상했다. 돌아가면 찾아가서 초량에 대한 이야기를 들어볼까, 그리고 내가 공부했던 부산에 대해서도 말해볼까, 그러면서 최종적으로는 다시 내가 태어나고 살았던 그곳에 대해 떠올렸다. 다음 날 나는 조금 이르게 뉴질랜드로 돌아갔고, 한국으로 돌아왔다. 정확히는 초량으로 말이다.

한정현

2015년 동아일보 신춘문예 등단, 장편소설 『줄리아나 도쿄』, 『나를 마릴린 먼로라고 하자』 소설집 『소녀 연예인 이보나』가 있다. 젊은작가상, 오늘의작가상, 퀴어문학상, 부마항쟁문학상 등을 수상하였다.

안으며 업힌

초판 1쇄　2022년 5월 18일
초판 2쇄　2022년 8월 8일

지은이　이정임, 박솔뫼, 김비, 박서련, 한정현
편집　김대성, 돌배
기획　김대성
디자인　그린그림
인쇄　클로버리

펴낸이　김대성
펴낸곳　곳간
출판등록　2021년 10월 25일 제2021-000015호
주소　부산시 중구 동광길 42 6층 601호
팩스　0504-333-1624
전자우편　goatganbooks@gmail.com
인스타그램　instagram.com/goatganbooks
페이스북　facebook.com/goatganbooks

ISBN　979-11-978685-0-4
값　14,000원

이 책은 2021년 한국문화예술위원회가 후원하는 아르코 공공예술사업
'신초량아카이브'를 통해 제작되었습니다.

2021 아르코 공공예술사업
기억과 역사의 성토(盛土), 新초량 아카이브

신초량아카이브는 매립과 개발 속에 수장된 부산 원도심의 역사와 기억을 다시 쌓아 올리는 예술적 실험이다. 이 작업에는 문학과 공연, 영상과 음악, 그래피티와 설치예술 등 다양한 분야의 예술가들이 참여하여 다각적이고 창의적인 교류와 협업을 시도한다. 과거의 기억을 텍스트로 재구성하는 것에 치중하는 기존 아카이브 작업에서 한 걸음 더 나아가 과거와 현재, 미래를 관통하는 장소적 감성을 탐색하고 다중 감각이 교차하는 다양한 콘텐츠를 통해 대중들과의 적극적인 소통과 교감을 시도하고 있다.

주최 문화예술 플랜비
후원 한국문화예술위원회